檻の中の暴君
中に入っているだけでも気持ちよかったのに、太くて硬いもので擦られる快感はそれを遥かに上回り……。「あ、あっ、あああ……っ！」
（本文より抜粋）

DARIA BUNKO

檻の中の暴君

神香うらら

illustration※こうじま奈月

イラストレーション❋こうじま奈月

CONTENTS

檻の中の暴君　9
あとがき　286

この作品はフィクションです。
実在の人物・団体・事件などに一切関係ありません。

檻の中の暴君

1

――十二月初旬《しょじゅん》の夕刻。すっかり日が短くなり、西の空には真っ赤な夕焼けが広がっている。

目黒《めぐろ》駅にほど近い場所にある老舗《しにせ》美容専門学校、メグロビューティースクールの古びたビルも、オレンジ色に染まっていた。

「はあああ……」

放課後の解放感に沸《わ》く教室の中、ただ一人暗い顔をした中村真子人《なかむらまこと》は、机《つくえ》に突っ伏して大きなため息をついた。

「どーしたんだよ真子人。おまえがため息つくなんて珍《めずら》しいな」

隣の席に座っていた同級生の小竹《こたけ》、通称コタが真子人の顔を覗《のぞ》き込んで笑う。

「朝からずっとこうなんだよ。明るいのだけが取り柄の真子人が」

前の席の大淵《おおぶち》、通称ブッチが振り返って相槌《あいづち》を打つ。

「うるせー……俺だってたまには落ち込むんだよ……」

言い返す真子人の声に覇気《はき》はない。

唇《くちびる》を半開きにしたまま、真子人は両手で頬《ほお》を押し寄せながら「うー」と唸《うな》った。

「……真子人、それやめたほうがいいぞ。イケメン台無し」

「うん、すげー変顔」

ぐいぐいと頬を圧迫したせいで、顔のパーツが中心に寄っておかしなことになっている。更に頬を押して、真子人はむにゅっと唇を突き出した。

「たこちゅー顔くらいじゃ俺のかっこよさはびくともしねえよ」

「よっく言う」

「でも真子人の場合、涎《よだれ》垂らしながら居眠りしてたって女子には『かっこいい』って言われるもんなあ……」

ブッチがしみじみと呟《つぶや》く。

「そうそう、俺が撮《と》った真子人の超変顔の写メ、女子にすげえ人気だったもんな。俺とブッチはきもいって言われたのによー。まったく、顔のいい奴は得だよな」

「だろ。俺の美しさは人類の宝だからな」

「おいおい、そこまで言ってねえって」

コタとブッチに頭を小突かれ、真子人は小さく笑った。

自分で言うだけあって、真子人の容姿は抜きん出ている。猫を思わせる、ややつり上がった綺麗《きれい》な二重《ふたえ》の目が印象的で、きりりとした眉《まゆ》とすっきり整った輪郭《りんかく》が凛々《りり》しい。きめが細かく滑らかな肌と、さらさらの艶《つや》やかな髪は、女子にも羨《うらや》ましがられるほどだ。

人目を引く顔立ちに加えて、百七十五センチのすらりとした肢体《したい》は少年らしさと青年らしさの魅力を兼ね備えており、街を歩いていて芸能プロダクションにスカウトされたことも一度や二度ではない。

ルックスが完璧《かんぺき》すぎると近寄り難くなるものだが、真子人の場合、ぽってりとした下唇がやや調和を乱し、それがいい具合に愛嬌《あいきょう》になっている。性格も明るく、気取ったところがないので、男女問わず人気が高い。

「でもま、うちの兄ちゃんに比べたら俺なんてまだまだだよ。うちの兄ちゃんはさあ……」

「うわ、また始まったよ、真子人の兄ちゃん自慢《じまん》」

「おまえの兄ちゃんが可愛《かわい》いっつー話はもう聞き飽きた」

コタとブッチが、うんざりしたように顔をしかめる。

二人の反応を無視して、真子人はジーンズの尻《しり》ポケットから携帯電話を取り出した。

「俺が髪切ってあげたらますます可愛くなってよ……見ろよこの眩《まぶ》しい笑顔」

ぱちんと音を立てて携帯電話を開き、二人に待ち受け画面を向ける。

待ち受け画面に映っているのは、一つ年上の兄、由多佳《ゆたか》。慶明《けいめい》大学の二年生で、真子人のたった一人の兄弟だ。

散髪直後にカメラを向けたときの、はにかんだ表情が初々《ういうい》しい。服装や髪型が平凡なせいか、ぱっと見た感じは地味《じみ》なのだが、よく見ると真子人の顔を優しくしてやや中性的にしたような綺麗な顔をしている。

　髪を赤く染めてピアスとシルバーのアクセサリーをつけた真子人とは印象が百八十度違うので、兄弟だと思われないことが多いのだが、決して似ていないわけではない。

「うわー……待ち受けが兄貴とかあり得んわ」

「おまえのブラコン、ますます悪化してね？」

「ああ？　ちゃんと見ろよ、すっげ可愛いだろ？　まあモデルもいいけど美容師の腕がいいからな……」

　うっとりと画面を眺《なが》める真子人に、コタとブッチがため息をつく。

「姉や妹が美人すぎて目が肥《こ》えて、女見る目が厳しくなる……っつー話は聞いたことあるけど、兄貴が美人すぎて女見る目が厳しくなったのはおまえだけだ」

「へ？　俺別に女見る目厳しくなんかないぞ」

「嘘《うそ》つけ。入学してから何人振ってんだよ」

「それは…………単にそういう気になれなかっただけで……」

　コタの指摘に、真子人の声のトーンがぐっと落ちる。

「それよりおまえのため息の原因はなんなんだよ？　なんか真子人が暗い顔してっと調子狂うからさ、俺らでよければ言ってみ？」

「そうそう、真子人がため息とか似合わなすぎるって」

友人たちの気遣《きづか》いに、真子人は頬を押すのをやめて真顔になった。

（……相談してみっかなあ……）

――――真子人のため息の原因は、最愛の兄、由多佳だ。

友人たちの言うとおり、真子人はかなりのブラコンである。二人きりの兄弟で、幼い頃に父親を亡くし、美容室の経営で忙しい母親の代わりに面倒を見てもらっていたということを差し引いても、兄への偏愛《へんあい》ぶりは半端《はんぱ》ではない。

その大事な大事な兄に、恋人ができてしまった。

しかも、相手は男で……。

（こいつらになら話してもいいかな……兄ちゃんの恋人が男だってことは伏せて）

上目遣いでコタとブッチを交互に見つめ、真子人はおずおずと口を開いた。

「うん……実は、兄ちゃんのことなんだけど」

そう切り出した途端、即座に遮《さえぎ》られる。

「あー、ちょっと待った。兄ちゃんの話なら俺はパス」

「俺も。どーせまた『兄ちゃんが俺のコーディネートを着てくれない』とか『兄ちゃんがヘアカラーさせてくれない』とかそういう話だろ？」

「ちっ、ちげーよ！　今回はもっと深刻な話なんだよっ」

コタとブッチが疑わしげな目つきで真子人をじいっと見つめる。

唇を尖《とが》らせて、真子人は切り出した。

「あのよ……兄ちゃんに彼……じゃなくて彼女ができたんだけど、そいつがすっげえむかつく奴で……」

「へー、真子人の兄ちゃん、ついに彼女できたんだ」

「よかったじゃん。これを機におまえもブラコン卒業しろ、な」

「ちょっ、おまえら薄情だな！　その彼女ってのがすげー問題ありなんだよ！」

あっさり話を終わらせようとしたコタとブッチの腕を掴《つか》んで、真子人は目を剥《む》いた。

「どういうふうに？」

コタに訊《き》かれて、真子人は言葉を詰まらせた。

「えーと……強引で生意気で凶暴《きょうぼう》。高校生なんだけどさ、一方的に兄ちゃんに惚《ほ》れて、無理やり自分の家庭教師にしたりとかもう無茶苦茶なんだよ。兄ちゃんはそいつに押しまくられて流されてるだけで、だから……」

「へー、意外。真子人の兄ちゃんってMだったのか」

「いや、意外じゃないかも。大学生っつったら兄弟なんかほっぽって羽根《はね》伸ばしたいだろうに、こーんな手のかかる弟の面倒を甲斐甲斐《かいがい》しく見てるんだから、ドMだろ」

「おまえら、真面目に聞けよ！」

「聞いてるさ。だけど、兄ちゃんはその子のことが好きでつき合ってるんだろ？」

「……っ」

敢《あ》えて考えないようにしていた領域にずばっと切り込まれ、真子人は言葉を失った。

――認めたくない。最愛の兄が、あんな不良に心を奪われてしまったなんて。

「真子人、おまえの好みじゃないからって反対するなんて大人げないぞー」

「そうそう、兄ちゃんの女の趣味が悪かったと判明しただけのことだ」

「…………」

二人に諭《さと》されて、真子人はしょんぼりと項垂《うなだ》れた。

確かに、二人の言うとおりだ。自分が気に入らないからといって、二人の仲を引き裂こうとするのは間違っている。

（でも……っ、よりによってあんな……っ）

兄の恋人――龍門《りゅうもん》地塩《ちしお》はヤクザの組長の跡取りだ。一年前に組を解散して今は合法的な企業だと言っているが、つい最近まで訳あって龍門邸に滞在していた真子人は、そこかしこに組時代の名残《なごり》が色濃く漂っていたことを知っている。

――一ヶ月ほど前、家庭教師として地塩の家を訪れた際、由多佳が銃撃事件に巻き込まれた。

幸い怪我はなく無事だったのだが……単に組の抗争の巻き添えを食ったのではなく、狙撃犯の狙《ねら》いは由多佳だった。

狙撃の首謀者は元組員で、組を解散したことを恨《うら》んで元組長に嫌がらせを繰り返していたらしい。しかし決定的なダメージを与えることができず、今度は地塩の弱みである由多佳を標的に定めたのだ。

かくして由多佳は、龍門邸に匿《かくま》われることになった。アパートにいては危険だということで、真子人も一緒に連れて行かれた。

兄の身を守るためなら仕方ないと真子人も渋々了承《りょうしょう》し、事件は無事解決したのだが、その代償は大きかった――なんと、大事な兄と地塩がくっついてしまったのだ。

(うう……っ、俺の兄ちゃんが、あんな野獣を選ぶなんて……っ)

しかしありのままを友人たちに相談するわけにもいかず、真子人はがばっと机に突っ伏した。

「それより真子人、今日暇《ひま》？　服買いに行くのつき合ってくんねえ？」

「うーん……どこ？」

「表参道《おもてさんどう》、原宿《はらじゅく》コース」

「うーん……」

服や靴《くつ》を見に行くのは大好きなのだが、今日はいまいち気分が乗らない。どうしようかと迷っていると、ふいにジーンズの尻ポケットで携帯電話が鳴り出した。

「あ、電話だ」

取り出して開き、真子人は眉間《みけん》に深い皺《しわ》を寄せた。

――液晶の画面に浮かぶ、〝むくだい〟の文字。

登録したときに漢字変換が一発で出てこなかったので、面倒くさくて平仮名《ひらがな》のままにしてある。

（なんの用だろ……）

電話をかけてきたのは、椋代義彦《むくだいよしひこ》。地塩の家に同居する元龍昇会《りゅうしょうかい》の若頭《わかがしら》で、今は地塩の父親が経営するアールトラストコーポレーションの専務取締役という肩書きである。

真子人にとっては〝会社の専務〟というより〝地塩のお目付役〟という立場のほうが馴染みがある。地塩の父親である社長をビジネス面でサポートする傍《かたわ》ら、龍門邸に同居して元組員たちを仕切っており、執事《しつじ》的な仕事も兼ねている男だ。

「出なくていいのか？」

「うん……ちょっとごめん」

しばし逡巡《しゅんじゅん》してから席を立ち、廊下に出て通話ボタンを押す。

「…………はい」

『真子人か。明日、坊ちゃんが退院することになった』

聞き慣れた低い声が、素っ気なく響く。

「……あっそ。おめでとーございます」

無意識に唇を突き出すようにして、真子人も素っ気なく返した。

――地塩は現在入院中なのだ。半月ほど前、由多佳が狙撃首謀者にナイフで斬《き》りかかられ、それを庇《かば》って刺《さ》された。幸い重傷には至らず、順調に回復しているらしい。兄を身を挺《てい》して守ってくれたことについては、真子人も感謝している。

しかし個室なのをいいことに、何度も由多佳を〝付き添い〟として泊まらせている件については納得していなかった。

『今夜は由多佳さんが付き添ってくれることになってる』

椋代の言葉に、真子人はぴくっと頬を引きつらせた。

「……ああそうですか……っ」

切れ気味に返事をして、ぶちっと通話を切る。

(ううっ！　にっ、兄ちゃんが、今夜もあいつとあんなことやこんなことを……っ)

真っ赤になって、ぶんぶんと首を横に振る。

それについては考えないようにしているのだが、地塩と由多佳の間に漂う濃密な空気が、嫌でも二人の仲の深さを想像させ……。

再び呼び出し音が鳴り、真子人はかっと目を見開いてボタンを押した。

「なんだよっ⁉」

『おまえ、一人で暇だろう。晩飯に連れてってやる』

いきなり電話を切ったことを責めることもなく、椋代が淡々《たんたん》と切り出す。

「別に、暇じゃねーけど」

椋代の申し出に、真子人は口をへの字に曲げた。暇だと決めつけられるのは面白くないし、椋代とご飯を食べに行くのも気が進まない。

――こうして椋代が誘ってくれるのは初めてではない。地塩の怪我《けが》をきっかけに兄は地塩とつき合い始め……デート代わりの付き添いが増えてから、アパートで一人きりの真子人を食事に連れて行ってくれたり、龍門邸に招いたりしてくれている。

『今日はバイトないんだろう?』

「そーだけど、でも俺だって色々……っ」

『由多佳さんがおまえのこと心配してるんだよ。ちゃんと飯食ったか、歯を磨《みが》いたか、寝坊しないか。おまえがうちに泊まれば由多佳さんも安心して坊ちゃんの看病に専念できる』

子供扱いされて、真子人はむっとして唇を尖らせた。

しかし兄が病院に泊まりのときは、だいたい寝坊して学校に遅刻しているのも事実だ。

『今から会社を出る。七時頃にはそっちに着く』

「えっ、ちょっと……っ」

『こないだの焼肉、美味《うま》かっただろ。また連れてってやるよ』

「う……っ」

先日椋代が連れて行ってくれた店の光景がぱあっと目の前に広がり、真子人はごくりと唾を飲み込んだ。

赤坂《あかさか》にある焼肉店は、真子人のような貧乏《びんぼう》学生にはまず縁のない高級店だ。肉もタレも絶品で、真子人は「こんなに美味い焼肉食ったの初めて……っ」と感涙《かんるい》に咽《むせ》んでしまった。

『着いたらまた電話する』

まだ行くとも言っていないのに、通話は一方的に切れた。

「なんだよもうー……」

ぶつくさ言いながらも、焼肉の魅力には逆らえなかった。極上の焼肉を諦めて意地を張り通すほど、真子人は意志が強くない。

（……ま、あいつ気前はいいからなー。家帰ったって、兄ちゃんいないならコンビニ弁当だし）

自分に言い訳して、真子人は教室に戻った。

「ごめんコタ、用事できちゃった」

「そっかあ。じゃあまた今度な」

「うん、お先ー」

急いで帰り支度をし、廊下を歩きながら兄に電話をかける。

『はい』

「兄ちゃん？　あのさー、今夜……」

『あ、ああ……あの、明日地塩くんが退院するから、今夜は……』

兄がはにかんだように切り出すのを、真子人は苦々しげに遮った。

「わかってる。さっき椋代さんから電話来た。俺も椋代さんと飯行って、ついでにあっちの家に泊まることにしたから」

『そう……よかった。椋代さんに、ちゃんとお礼言うんだよ』

「わかってるって。じゃ………地塩によろしく」

最後の一言は早口で素っ気なく付け加えて、真子人は通話を切った。


「このままでいいと思ってんの？　あんただって、兄ちゃんと地塩がつき合うの反対してただろ⁉」

――赤坂の高級焼肉店の個室。焼肉を食べながら熱弁を振るう真子人を、向かいの席の椋代がうるさそうに見やる。

「いいも悪いも、親父さんが認めたんだ。俺が口を挟むことじゃない」

「跡取りとかはどーすんだよ？」

「会社は別に世襲《せしゅうせい》制ではないからな。まあいずれ坊ちゃんが社長になるだろうが、その後のことは坊ちゃんが考えればいいことだ」

「……薄情だな」

椋代のことは苦手だが、一応兄と地塩の交際に反対している者同士、仲間だと思っていた。椋代が反対しないのなら、反対派は真子人だけになってしまう。

「いい加減諦めろ。あの二人、見ただろ？　本人たちが満足してんだから、それでいいじゃねえか」

「…………」

箸《はし》を止めて、真子人は椋代の三白眼《さんぱくがん》を睨《にら》みつけた。

――それはわかってる。

誰よりも兄の幸せを願っているからこそ、兄が今、地塩と結ばれて幸せを噛《か》み締めていることは知っている。

けれど、兄が男と……しかも年下で元ヤクザの跡取りで生意気で横暴な男とつき合うことに、諸手《もろて》を挙《あ》げて賛成するわけにはいかない。

「おまえは大好きな兄貴を取られて悔《くや》しいんだろうが……」

「そうじゃなくて！　俺はただ、兄ちゃんには本当に幸せになって欲しいと思って……っ」

「そういうことは由多佳さんと直接話し合え」

ノンアルコールのビールを飲みながら、椋代が面倒くさそうに手を振る。この話はこれで終わりだというように突き放されて、真子人は唇を尖らせた。

（……ちぇ。みんなして俺のことわからず屋扱いしやがって）

本当はわかっている。椋代や友人たちの言うとおりなのだと。

――今の自分は、最愛の兄を取られてふて腐《くさ》れている子供だ。

そんな自分自身に腹が立って、真子人はぷうっとむくれて焼肉を口に運んだ。

椋代も黙って網の上に肉を置いて焼いてくれる。

しばし、個室が沈黙に包まれる。隣の部屋から賑《にぎ》やかな笑い声が聞こえて、真子人は改めて椋代と二人きりであることを意識してしまった。

（……ま、地塩のためなんだろーけど、こいつもよく俺なんかにつき合ってくれるよなあ……）

向かいの席の椋代をしげしげと観察する。

――初対面の印象は最悪だった。

由多佳が地塩の家で初めて家庭教師をした日、どうしてもアパートまで送ると言い張った地塩とともにやってきたのが、椋代だった。

切れ長の目と高い鼻梁《びりょう》、大きな口。やや面長《おもなが》の、男っぽくて整った顔立ち。黒々した髪をきっちりと撫でつけ、高そうなスーツを隙《すき》なく着こなし、一見エリートサラリーマンのようだが……三白眼と薄い唇が、酷薄そうな印象を与えている。

（うーん……やっぱちょっとヤクザっぽいかなあ。地塩が〝動〟なら椋代さんは〝静〟って感じだけど、時々妙に迫力あるし）

地塩も百八十五センチくらいあってかなりの長身だが、椋代はそれよりも更に何センチか大きい。龍門邸の滞在中に着流し姿を見たことがあるが、ちらりと覗く胸板や腕もがっしりしていて逞《たくま》しかった。

普通に生活していたら、まず知り合う機会のない男だ。

黒っぽいスーツをびしりと着こなした強面《こわもて》の椋代と、赤い髪にシルバーのアクセサリーの、いかにも今どきの若者の真子人との間には、共通点が何もない。こうして一緒に焼肉を食べているのが、なんだか不思議に思えてくる。

「こっち、焼けてるぞ」

真子人の手が止まっていることに気づいたのか、椋代が顔を上げる。

「………ああ」

「野菜も食え」

取り皿に勝手に野菜を載《の》せられて、真子人は目を剥いた。

「あっ、ちょっ、俺椎茸《しいたけ》苦手だって言ったじゃん！」

「椎茸じゃない。これは新種の茸《きのこ》だ」

「うそ！　騙《だま》されねーぞ」

「騙されたと思って食ってみろ。ここのは格別美味いぞ」

いつの間にか、いつもどおりの会話になっていた。

椋代とのこうした軽口の応酬《おうしゅう》は嫌いではない。根が素直な真子人は、さっきまでぷりぷりしていたことも忘れて皿に載せられた椎茸を口に入れた。

「うう……やっぱり椎茸の味がする……」

「気のせいだ」

「うー……」

涙目で椎茸を飲み込む真子人を見て、椋代がにやりと笑う。

「勇太《ゆうた》がおまえの椎茸嫌いを克服させようと燃えてるぞ。今度、椎茸フルコースを作るって張り切ってる」

「ええーっ、勘弁してよ」

勇太というのは、龍門邸で家事全般を任されている元組員だ。二十二歳と年齢も近く、人懐こい性格なので、屋敷に匿われている間に真子人もすっかり打ち解けた。今ではメールをやり取りしたり、龍門邸に泊まるときは対戦ゲームで遊んだりする仲である。

「だけどおまえ、こないだ勇太が作ったハンバーグ美味い美味いってぺろっと平らげただろ。あれ、椎茸入ってたぞ」

「……まじ!?　うっそ、まじで!?」

目を丸くすると、椋代が堪《こら》えきれなくなったように声を上げて笑った。

（あ、笑った）

皮肉っぽい笑みや嘲笑《ちょうしょう》はしょっちゅうのことだが、声を上げて笑うところは初めて見た。

「………」

笑うと目尻に皺ができて、それがやけに色っぽくて……思わず真子人は、口をぽかんと半開きにしたまま椋代に見とれてしまった。

「……どうした。食い足りないか？　追加頼むか？」

真子人に凝視され、椋代が怪訝《けげん》そうに目を眇《すが》める。

「え……っ、い、いや、もう充分」

慌てて真子人は首を横に振った。

大人の男に色気を感じるなんて、初めてのことだ。

（そりゃまあ椋代さんは〝大人のいい男〟の部類に入るんだろうけど……）

そう考えると、箸を操る長い指、骨張った手の甲、ごついデザインの腕時計がよく似合うがっしりした手首まで色っぽく見えてくる。

（な……なんか調子狂う……）

——椋代に見とれてしまった自分に戸惑《とまど》い、真子人は珍しく口数が少なくなってしまった。

「ご馳走さまでした」

カードで支払いを済ませた椋代に、真子人はぺこりと頭を下げた。

「今日はこないだほど食わなかったな。もう飽きたか？」

エレベーター向かいながら、椋代が真子人を見下ろす。

「まさか。すげー美味いんだけど、今日はちょっとセーブしたんだよ」

「どうして」

「うん……それがさ、あんな上等な肉食ったの初めてだったせいか、次の日顔に吹き出物できちゃってさあ……」

「吹き出物？」

椋代が目を眇め、真子人の顔をじっと見つめる。

「もう治《なお》ったけど。俺、吹き出物できたことがないのが自慢だったのに、ショックで……」

滑らかな頬をぱんぱんと叩いて、真子人は眉間に皺を寄せた。

椋代がくくっと小さく笑う。

「そりゃあ繊細なこった。胃がびっくりしたんだろ。そのうち慣れるさ」

「こんな高い店、慣れるほど来れねえって」

「また連れてきてやるよ」

「……え、地塩もう退院するじゃん」

エレベーターのボタンを押して、真子人は怪訝そうに椋代を見上げた。

地塩が退院すれば、由多佳はもう病院の付き添いで泊まらなくて済む。そうなれば、椋代が真子人のお守りをすることもなくなるだろう。

椋代とこうして一緒にご飯を食べに行くのは、今日が最後だと思っていた。

「今後は坊ちゃんと由多佳さんの外泊デートがもっと増える」

「う……っ」

外泊デートと聞いて、むかむかと怒りが込み上げてくる。

同時に、二人の情事を想像してしまいそうになり……耳まで赤く染まる。

「地塩はまだ高校生なんだから、普通外泊は禁止だろ！」

「あと三ヶ月ほどで卒業だ。それに、坊ちゃんにとっては外泊ではないな……由多佳さんがうちへ泊まりに来るわけだから」

「え……っ、だって、地塩のご両親もいるのに……？」

元組長の父親は怖くてまだ近寄り難いのだが、歳の離れた後妻は明るくフレンドリーで、由多佳も真子人もすっかり気に入られてしまった。

「親父さんたちはそういうの気にしねえよ。あの二人も万年新婚カップルだからな」

「なんでそんな公認なんだよ……」

がっくりと肩を落とし、真子人はぼやいた。

「おまえも知ってるだろうが、坊ちゃんは高校卒業したら由多佳さんと同棲したいと言ってる。

まあ多分うちで同居することになるだろう」

「……ちょっと待て。その話、俺はまだ了承していない」

「おまえが了承しようがしまいが、坊ちゃんがそうすると言ったんだからそうなる」

「……うああーっ、なんでそんなに強引なんだよおおおおっ！」

ぐしゃぐしゃと髪を掻《か》き毟《むし》り、真子人は天井を仰いだ。

「おまえくらいの歳の男なら、一人で自由に過ごせる時間が増えて喜びそうなもんだがな。アパートに女連れ込んだり」

「しねえよ！」

兄と同居するに当たって最初に決めた約束事の中に「アパートに母親以外の女性を入れない」という項目がある。兄弟といえど、そこら辺の線引きはきっちりしておこうと取り決めたのだ。しかしお互いそういう相手がいなかったのも事実で……。

「おまえ、彼女いないのか」

「いなくて悪かったな！」

切れ気味に答えると、椋代が意外そうに目を見開いた。何か言われる前に、慌てて矛先《ほこさき》を椋代に向ける。

「あんたこそどうなんだよ？　実は暇なんじゃねえの？」

「俺が？　多忙の合間を縫《ぬ》って時間を捻出《ねんしゅつ》してやってるのに、ずいぶんな言い草だな」

セリフとは裏腹に、椋代の目は笑っていた。

そういえば、椋代にはつき合っている女性がいるのだろうか……。直に尋ねたこともないし、地塩や勇太からもそのような話は聞いたことがないが、いても全然不思議ではない。

「多忙の合間って……」

つまり彼女がいるってこと？　と尋ねようかどうしようか言い淀《よど》んでいると、ふいに椋代のスーツの内ポケットで携帯電話が鳴り始めた。

液晶画面に目をやり、椋代が「ちょっと待ってろ」と言って通話ボタンを押す。

「勇一《ゆういち》か。どうした」

（ユウイチ？　聞いたことのない名前だな）

真子人は、今ではすっかり龍門邸に同居している元組員たちの名前を把握《はあく》している。もちろんそれ以外にも大勢の部下がいるだろうし、椋代の交友関係をすべて知っているわけではないが……。

「……ああ、元気でやってる。そっちはどうだ？」

聞き耳を立てていると思われたくなくて、真子人はくるりと背を向けてエレベーターホールの隅にあるガラス窓に近寄った。

「……そうか。たまには帰国して顔を見せてやれよ」

どうやら相手は海外からかけているらしい。それもただの旅行ではなく、長期滞在しているような口ぶりだ。

（友達かな）

ちらっとガラスに映った椋代の表情を盗み見る。椋代と一緒にいるときに、椋代の携帯電話に何度か仕事関係の電話がかかってきたことがあるが、そういう場合と違ってリラックスした表情としゃべり方だ。

「――――え？」

窓に貼《は》りつくようにして赤坂の夜景を眺めていると、ふいに椋代の声のトーンが変わった。ガラスに映った椋代の表情が、すっと強ばるのがわかる。

「……日本人？　……ああ、それは多分偽名《ぎめい》だろう」

切れ切れに聞こえてくるきな臭い会話に、ぎくりとする。

普段はすっかり忘れているが、この男はほんの一年前まで龍昇会の若頭だったのだ……。

「わかった。すぐには無理だが、近いうちにそっちに行く。また連絡する」

早口でそう言って、椋代はぱちんと携帯電話を閉じた。

「待たせたな。行くぞ」

ちょうどエレベーターがやってきて、椋代がドアを押さえて先に乗れと言うように顎《あご》で指す。

「あ、うん」

先ほどの会話が気になりつつ、真子人は椋代の横をすり抜けてエレベーターに乗り込んだ。

椋代の運転する車が角を曲がり、龍門邸の門が見えてきた。

広大な敷地は高い塀《へい》にぐるりと取り囲まれ、純和風の門には大きな松の木が覆い被さっている。門からして個人の邸宅というより寺か旅館のような佇《たたず》まいで、初めて見たとき、真子人は度肝《どぎも》を抜かれてしまった。

椋代が運転席からリモコンを操作し、ガレージのシャッターを開ける。

月明かりに、豪邸の黒々としたシルエットが浮かび上がる。一見風流な建物だが、よく見ると頑丈《がんじょう》な扉やあちこちに取り付けられた監視カメラなど、要塞《ようさい》めいた造りであることがわかる。

(うーん……何度見てもすげえ)

兄と一緒に住んでいる2DKアパートとの違いをしみじみ実感し、真子人はため息をついた。

いつものようにガレージで車を降りて、椋代と肩を並べて玉砂利《たまじゃり》の敷かれた庭を歩く。

(うー、寒っ)

背後から吹いてきた風に、真子人はぶるっと震えた。今朝は比較的暖かかったのだが、夜になって急に冷え込んできた。

「今夜は寒くなりそうだな。腹出して冷やすなよ」

真子人の寝相《ねぞう》の悪さを知っている椋代が、ぽんと肩に手を乗せる。

「わかってるよ……っ」

ジャケット越しに椋代の大きな手のひらを感じて、真子人はどきりとした。友人同士で触れ合うのとは違う、妙な緊張感が込み上げる。

先ほど、男の色気みたいなものを意識してしまったせいだろうか。

（な……何を今更緊張してるんだ……っ。こいつと二人きりになることなんか、しょっちゅうなのに）

そう考えてから、この頃椋代と二人きりで過ごす時間が増えたことに気づく。

以前は兄と過ごす時間が圧倒的に多かった。その次はコタやブッチ、学校の友人たち。けれど、銃撃事件をきっかけに真子人の生活は大きく変わってしまった。

（……ちょっと待て。俺、今週ほとんど椋代さんと一緒に晩飯食ってるような……）

龍門邸に来て勇太の作ったご飯を食べることもあるし、今夜のように椋代が食事に連れて行ってくれることもある。

（うーん……なんか変な感じ）

初めて会ったときは、まさか一緒に食事に行くような間柄になるとは思ってもいなかった。

ブラコンの真子人にとって、大好きな兄を地塩に取られてしまったことはかなりダメージが大きい。十九にもなって情けないと思いつつ、兄に恋人ができたと知ったときは、一人取り残されたようで寂《さび》しくてたまらなかった。

（こいつが構ってくれるから、あんまり落ち込まずに済んでるのかな……）

ちらりと隣を見上げて、椋代の横顔を盗み見る。

最初の頃は怖くて無愛想だと思っていたが、実は結構面倒見がいい。龍門邸にいる元組員たちからも、少々怖《おそ》れられつつも慕われているのがよくわかる。

「……なんだ、腹でも痛くなったか？」

じいっと見つめていると、椋代が薄い唇を歪《ゆが》めた。真子人をからかうときの、意地の悪い笑い方だ。

「ちげーよ。ちょっと、物思いに耽《ふけ》ってただけ」

「おまえが？」

さも意外そうに言われて、真子人は唇を尖らせた。

「俺だってそういうときもあるんだよっ」

騒ぎながら歩いていると、玄関の引き戸が内側からがらりと開いた。

「お帰りなさいまし！」

坊主頭に濃紺の作務衣《さむえ》姿の勇太が、笑顔で出迎えてくれる。

「勇太さんこんばんは！　お邪魔しまーす」

「いらっしゃいまし。お待ちしてましたよ」

真子人の顔を見ると、勇太が嬉しそうに目尻を下げた。

丸顔にどんぐり目とだんご鼻、お世辞にも美男子とは言えない容貌《ようぼう》だが、童顔で愛想がよくて親しみやすい青年だ。初めて勇太に会ったとき、真子人は実家の近所の人懐こい雑種犬を思い出して和《なご》んでしまった。

「先にお風呂にしますか？」

勇太がてきぱきと椋代のスーツの上着を預かりながら尋ねる。

「いや、俺は少し仕事が残ってる。おまえと真子人が先に入れ」

「わかりました。じゃあコーヒーでも淹《い》れましょう。真子人さんもいかがですか？」

「あ、うん、いただきます……えっと、おじさんたちは？」

家に来たときは、必ず地塩の両親に挨拶《あいさつ》するようにしている。だだっ広い屋敷なので顔を合わせずに済ませることもできるのだが、母や兄から「友達のおうちに行ったら必ず家の人に挨拶しなさい」と言われて育ってきたので、それをしないと落ち着かないのだ。

「今夜はディナーにお出かけです。帰りは遅くなると思いますので挨拶はいいですよ。真子人さんがいらっしゃることは伝えてあります」

「……そっか。じゃあお言葉に甘えて」

靴を脱いで揃《そろ》え、真子人は勇太と椋代の後ろに従った。

龍門邸は入り組んだ迷路のようになっており、一人だといまだに迷ってしまう。先日も風呂から上がって部屋に戻ろうとして迷子になってしまった。

「真子人さん、後でこないだの続きしませんか」

「あっ、やるやる！　友達にコツ聞いてきたから、今日は負けないぜーっ」

「ふふっ、俺だってあれから更に腕を上げてますよ」

真子人と勇太の会話に、椋代が怪訝そうに眉根を寄せる。

「おまえら、なんの話をしてるんだ」

「ゲームです。先月出た新作の格闘技対戦ゲーム」

「椋代さんも一緒にやる？」

子供のように目をきらきらさせる真子人を見下ろし、椋代が苦笑する。

「いや、俺はそっち方面はさっぱりわからん。子供は子供同士仲良く遊んでろ」

「あっ、その言い方、なんかむかつくー！」

賑やかに歩いていると、廊下で元組員とすれ違った。

「専務、真子人さん、お帰りなさいまし」

「石岡《いしおか》さんこんばんはー、お邪魔してます」

元組員——現社員と笑顔で挨拶を交わす。

住み込み社員たちとは、すっかり顔馴染みになっている。普通の若者なら強面の元組員たちに怖《お》じ気《け》づいてしまうところだが……真子人はあまり空気が読めない性格なので、打ち解けるのも早かった。

座敷に入ろうとしたところで、椋代の携帯電話がまた鳴り始めた。勇太に「後で部屋にコーヒー持ってきてくれ」と言い置いて踵《きびす》を返す。

「……なんか本当に忙しそうだな」

その後ろ姿を見送りながらぼそっと呟くと、勇太が相槌を打った。

「椋代さんはいっつも忙しいですよ。会社では金融部門の責任者ですし、こないだの銃撃事件の後始末もあるし」

「あ、そういえばさ、さっき……」

先ほど海外からかかってきた電話について口にしようとし、真子人ははたと口を噤《つぐ》んだ。

（いくら身内の人だからって、そういうことまでぺらぺらしゃべっちゃいけないよな）

空気は読めないが、一応真子人も心得ている。

「どうかしましたか？」

「ううん、なんでもない」

勇太に続いて座敷に入り、真子人はそっと障子《しょうじ》を閉めた。

「ふううー……」

檜《ひのき》の香りのする湯船に体を沈め、真子人は大きく息を吐いた。

「真子人さん、それなんか親父くさいっす」

隣で同じく湯船に浸かった勇太がくすくす笑う。

「えっ、まじ？　やっべえ。ここのお風呂広くて気持ちいいから、つい」

アパートの狭い浴室と違って、龍門邸の風呂場はちょっとした旅館並みに広々している。檜でできた浴槽《よくそう》は、大の男が四、五人は入れそうなゆったりしたサイズだ。

地塩の両親が住む離れには夫妻専用の風呂があるそうだが、地塩と住み込みの元組員たちは皆この風呂を共同で使っている。浴槽から箱庭《はこにわ》と夜空を眺めることもできるこの風呂を、真子人は大いに気に入っていた。

ちゃぷちゃぷと波打っていた湯が次第に静まり、しんとした静けさに包まれる。

「……なあ、椋代さんて、ずっとここに住んでるの？」

何気なく、真子人は切り出した。

椋代の個人的な情報を、真子人はほとんど知らない。屋敷に匿われていたときはそれどころではなかったが、こうしてちょくちょく行動を共にするようになると、少々興味も湧《わ》いてくる。

「ええ、俺がここに来たときには既《すで》に坊ちゃんのお目付役でしたね」

「そうなんだ。勇太さんっていつここへ？」

「十五のときだから、七年前っすねえ……」

手のひらで湯を掬《すく》いながら、勇太が懐かしそうに目を瞬《またた》かせる。

「俺、歳の離れた兄貴が一人いて、その兄貴がここの構成員だったんすよ……。それで俺も中学出てすぐここに来たんです」

勇太の口から、家族の話が出たのは初めてだ。簡潔《かんけつ》な説明だが、その言葉の合間には様々な経緯があったであろうことが窺《うかが》える。

湯船の中で揺らめく勇太の腕と背中には刺青《いれずみ》がある。真子人の同級生の中にもタトゥを入れている者がいるが、勇太のそれは伝統的な和彫りだ。

「へへっ、当時は俺も相当やんちゃしてたんすよ。ここに来た頃はほんとどうしようもねえガキで……親父さんや椋代さんには色々迷惑かけちまって、一生頭上がらないっす」

勇太が白い歯を見せて笑う。

(ご両親はどうしたんだろう……)

自分とさほど歳の違わない勇太の歩んできた人生に、真子人は胸が締め付けられる思いがした。

けれど、一緒になってしんみりするのは性に合わない。多分勇太もそういう反応は望んでいないだろう。

「えー、やんちゃしてた勇太さんって想像できない」

真子人は敢えていつもの調子で軽く答えた。

「後で写真見せましょうか。こう、剃《そ》り込み入れてて……」

「剃り込み⁉　見たい見たい！」

あっという間に素に戻り、真子人は湯船の中で体を起こした。

真子人の素直な反応に、勇太が照れくさそうに笑う。

「……真子人さんがあの椋代さんと上手くやってるのが最初はすげえ不思議だったんすけど、なんかわかるような気がします」

「え？　上手くやってるって言えるのかあ？」

「ええ、真子人さんには気を許してるっていうか……。あの人あんな強面だから、たいていの人はびびって萎縮《いしゅく》しちまうんですけど、真子人さんそういうの気にしないし、結構ずけずけ言い返すでしょう。だから新鮮なんだと思いますよ。真子人さんを弄《いじ》ってるときの椋代さん、すげー楽しそうですもん」

「楽しそう？　うーん、そうは見えないけど」

「いやいや、楽しんでますよ絶対」

「ふうん……適当にあしらわれてる気がするけど」

肩を竦《すく》めて、真子人はくるりと勇太に背中を向けた。

——自分は今、きっと嬉しそうな顔をしている。それを勇太に見られたくない。

（いや別に、あいつに気に入られて嬉しいとかじゃなく！）

別に椋代に限らず、相手が誰であれ、嫌われるよりは気に入られるほうがいい。ただそれだけのことだ。

なのに嬉しいと感じてしまう自分に戸惑いを覚え、真子人は急に無口になってしまった。

「じゃあ俺、先に行ってますね」

「あ、うん」

ドライヤーをかけながら、真子人は振り返って頷《うなず》いた。

勇太は坊主頭なので、風呂から上がってからの支度が早い。真子人は念入りにドライヤーをかけたり肌の手入れをしたりするので時間がかかる。

広い脱衣所で一人、下着一枚の格好で鼻歌を歌いながらドライヤーをかけていると、ふいに扉ががらりと開いた。

「……っ！」

ワイシャツ姿の椋代だった。鏡越しに目が合って、どきりとする。

「……まだいたのか」

「……もうすぐ終わる」

この家の元組員たちとは何度も一緒に風呂に入っているが、椋代と鉢合わせしたのは初めてで、真子人は動揺してしまった。

慌《あわ》ててドライヤーのスイッチを切り、あたふたと浴衣《ゆかた》を羽織る。

（いや別に、慌てる必要はないんだけど……っ）

滑らかな美肌、細身ながらほどよく筋肉のついたバランスのいい肢体には、顔同様自信がある。

けれど……勇太や他の元組員には裸を見られてもなんとも思わないのだが、椋代にだけは見られたくなかった。

それは多分、椋代が成熟した大人の男の肉体を持っているからだ。

出会った当初は気にしたこともなかったのだが、上着を脱いでワイシャツ姿になったときや、屋敷内で私服代わりに和服を着流しているときなどに、椋代の逞しい体にどきりとしたことがある。

勇太によると椋代は空手の有段者だそうで、今でも道場に通っているらしい。空手以外の武道もひととおりこなすそうで、地塩と勇太も椋代から武道の手ほどきを受けたと言っていた。

（……別に負けてるとは思わないけど。俺の肉体美と方向性が違いすぎて勝負にならねーし）

もたもたと浴衣の前を合わせながら、真子人は椋代に自分の体を見られたくない言い訳を探した。

「逆だ」

「えっ⁉」

ふいに肩を掴まれて振り向かされて、真子人は大きく目を見開いた。

目の前に、ワイシャツのボタンが半分ほど外れてはだけた胸がある。浅黒い肌と厚みのある逞しい体に、真子人は思わず目を逸《そ》らした。

「い、いい、自分でやる……っ」

「おまえは何度言っても左前にするからな」

「別にどっちだっていいじゃん」

「よくない」

「……っ」

適当に結んでいた帯を解《ほど》かれて、浴衣がはらりとはだけてしまう。薄い胸と細い腰が露《あら》わになり、真子人はぎょっとして体を捩《よじ》った。

「……色気のない下着だな」

真子人のローライズのボクサーブリーフを見下ろして、椋代が顔をしかめる。

「なっ、う、うるせー！」

青地に黄色やオレンジ色の星の模様の入ったそれは、確かに色気はまったくない。

兄は無地派だが、真子人は柄物やボーダーを好んで着用している。匿われていたときの名残で龍門邸には真子人用の着替えが常備してあり、これもその一枚だ。

「いいって、自分でやる！」

椋代に抱きかかえられるような格好で腰に帯を回され、体が密着しそうになり……真子人は慌てて後ずさった。

「じっとしてろ」

椋代が一歩前に踏み出して、真子人の体を捕らえる。

「……っ」

椋代の体温まで伝わってきそうな距離に、かあっと頬が熱くなり、体が硬直してしまう。

(うわ、なに赤くなってるんだよ……っ、変に思われるじゃん!)

俯《うつむ》いて目を泳がせていると、くるりと体を反転させられた。

椋代の長い指が、器用に帯を結ぶ。

「けどまあ、どんなにきちんと帯を締めても、朝には全開だけどな」

真子人の寝相の悪さを知っている椋代が、くくっと喉の奥で笑う。

この家に匿われていたときから、真子人は椋代の隣の部屋で寝起きしている。客間は立派すぎて気が引けるので、真子人としてもそのほうが気が楽なのだが……襖《ふすま》一枚隔てた隣には椋代がいて、寝起きの悪い真子人は毎回のように椋代に叩《たた》き起こされている。

「おまえ、こないだどぎつい色の妙なキャラクターもののパンツ穿《は》いてただろ。あれはひどかった。色気以前の問題だ」

パンツにだめ出しされて、真子人もむっとして唇を尖らせる。

「パンツくらい好きな柄《がら》穿いたっていーだろ。どんなパンツ穿こうが、俺の美尻の魅力は揺るがねーもん」

「美尻？」

「学校じゃあ中村くんのお尻が一番可愛いって評判なんだぞ！　スタイルいいからファッションデザイン科の子たちにモデルやってくれって頼まれて……」

あまりに子供扱いされるので、少々むきになって色気を強調する。

「男に美尻もへったくれもねーだろ」

「あるよ！　俺のは完璧な造形なの！」

「完璧な造形ねえ……」

眉根を寄せて渋面《じゅうめん》を作っていた椋代が、真子人の尻に手を伸ばす。

「うわあああっ！」

するっと尻を撫《な》でられ、真子人は驚いて飛び上がった。慌てて両手で尻を押さえ、全身の毛を逆立てて歯を剥く。

「なっ、さ、触んなっ！」

「なんだ、触って欲しいのかと思った」

「んなわけねーだろっ！」

椋代が顎に手を当て、真子人を見下ろす。

「あの下着じゃ触る気にもならんが、浴衣の尻は結構そそるな。触り心地も悪くない」

真顔で言われて、真子人は真っ赤になり……無言で椋代に背を向け、脱衣所の扉をぴしゃりと閉めた。

頭から湯気《ゆげ》を立てながら、裸足《はだし》で廊下を踏み鳴らす。

（なっ、なんなんだあいつは！）

尻に椋代の大きな手の感触が残っていて落ち着かない。

「あ、真子人さーん、そっちじゃないですよ。こっちこっち」

怒りに任せて廊下を歩いていると、後ろから勇太に呼び止められた。

はっと我に返り、自分がまた迷子になりかけていたことに気づく。慌てて踵を返し、勇太のほうへとずんずん歩く。

「どうかしたんですか？　顔真っ赤」

「えっ、そ、そう？　ちょっと長湯しちゃったかな」

勇太に顔を覗き込まれ、頬をぱしぱしと叩く。

「なんか冷たい飲み物持ってきますよ。先に俺の部屋行ってて下さい。場所わかります？」

廊下の突き当たり、丁字型《ていじがた》になっている場所まで来て、勇太が右側を指す。

「あそこです。俺もすぐ行きますんで」

「うん」

勇太の後ろ姿を見送り、はあっと大きく息を吐く。

（あー……むかつく！　色気がないだの なんだの、人のこと散々子供扱いしやがって！）

心の中で叫んで、真子人は椋代の手の感触を振り払うように自分の尻をばしばしと叩いた。

2

――三日後の夕刻。

駅前のコンビニエンスストアでのアルバイトを終えた真子人は、兄に頼まれていた買い物を思い出して商店街に足を向けた。

「こんにちはー」

青果店の店先で、真子人は店の奥に向かって声をかける。

「ああ、いらっしゃい」

初老の店主が、真子人の顔を見て笑顔を浮かべた。駅前のスーパーよりも安くて新鮮なので、真子人と由多佳兄弟は最近ちょくちょくこの店を利用している。

「えーと、これと、これと……」

平台に並べられたプラスチックのカゴを見渡して、真子人は玉葱《たまねぎ》と人参《にんじん》を指した。

「それと、じゃが芋《いも》を」

「何種類かあるけど、何がいい？」

「えーっと、シチュー作るんだけど、どれがいいかな」

「煮崩れしないのはメークインだけど……こっちの新品種、煮崩れしにくくてほくほく感もあるよ。シチューやカレーにもお勧《すす》め」

「そうなんだ。じゃあそれ下さい」

こうして店主と言葉を交わしながら買い物できるのも、個人商店の醍醐味《だいごみ》だ。

専門学校に進学するために田舎《いなか》から上京してきて驚いたのだが、東京《とうきょう》には昔ながらの商店街がたくさん残っている。都心部でさえちょっと裏の路地を歩くと普通の商店が残っていたりして、それがかえって新鮮だった。

郊外の大型スーパーしか知らなかった真子人には、商店街での買い物は最初ハードルが高く感じたのだが、慣れるとこうして言葉を交わすのが楽しい。

「はい、お釣り」

「ありがと」

小銭を受け取って帰ろうとすると「あっ、ちょっと待って」と呼び止められた。

「はい、福引きの補助券」

店主がエプロンのポケットから小さな券を一枚取り出して差し出す。

『あおぞら商店街・歳末《さいまつ》ビッグチャンス抽選会！』と赤い文字で印刷された券を見て、真子人は首を傾《かし》げた。

「あれ、これってまだやってたんだっけ？」

「うん、今日の五時までだよ。補助券十枚で一回抽選。一等はペア海外旅行」

そういえば、十二月に入ってから商店街で買い物をするたびに券をもらっていた。財布《さいふ》を開けて、レシートと一緒に突っ込んだままになっていた補助券の枚数を確かめる。

「あ、ちょうど十枚ある！」

「おお、急げ、あと十五分だ」

「ありがとーおじさん。行ってくる！」

足早に、真子人は商店街の外れにある抽選会場へ向かった。まさか一等が当たるとは思わないが、せっかくのチャンスをみすみす逃すことはない。

真っ赤な幟《のぼり》がはためいていたので、場所はすぐにわかった。空き地にテントを張っただけの簡単な会場には十人ほどの列ができている。

「歳末ビッグチャンス抽選会の抽選会場はこちらでーす！　本日最終日！　一等はまだ出ておりません！」

法被姿《はっぴすがた》の若い女性の呼び込みの声に、真子人はぴくんと耳を立てた。

（これは狙うしかないな）

昔ながらの、ハンドルを回して小さな玉を出す抽選機が置いてあり、その背後に賞品一覧のポスターが掲げてある。二等のノートパソコン二名様、三等の鱈場蟹《たらばがに》三名様のところにはすべて〝済〟のマークが貼ってあり、残すは一等のペア海外旅行一名様と四等の飴《あめ》掴み取りだけだ。

「こちら、残念賞でーす」

十回抽選機を回した女性がすべて〝ハズレ〟の白玉を出し、ポケットティッシュを十個もらってため息をつく。

次に並んでいた男性が、鼻息荒く分厚い抽選券の束を差し出した。

（あぁ～っ、そんなにたくさん回したら一等出ちゃうよーっ）

固唾《かたず》を呑《の》んで、抽選機から飛び出す玉を見つめる。真子人以外の客も同じように思っているらしく、皆血走った目で受け皿に注目している。

商店街の福引きはさほど盛り上がるイベントでもないが、残り時間十分、あの抽選機の中に一等の玉が残っている、という高揚感が、列に並んだ客の心を熱くさせていた。

「おめでとうございまーす。四等の飴の掴み取り二回と、残念賞十三個でーす」

真子人の前に並んでいた老婦人が、小さく「よっしゃ」と拳《こぶし》を握った。男性が落胆した表情で飴の入ったケースに手を突っ込む。

「残念賞でーす」「四等飴の掴み取りでーす」という声とともに、次々とライバルたちが散ってゆく。一等が出ないまま列が進み、真子人は次第に心臓がどきどきしてきた。

（やっべ、まじで当たるかも）

真子人はまだ海外に行ったことがない。今は経済的に余裕もなく、海外旅行をしたいと思ったこともなかったが、ただで行けるのならぜひとも行ってみたい。

パスポートの申請ってどれくらいかかるんだっけ……などと考えていると、真子人の前の老婦人が「あああ……」と絶望的な声を上げた。受け皿を見ると、すべて白玉だった。

「お次のかた、どうぞー」

係員に手を差し出されて、握り締めていた補助券を手渡す。いつの間にか手に汗をかいていたらしく、補助券はぐんにゃりと湿っていた。

「十枚ですね。一回回して下さーい」

ごくりと唾を飲み込み、真子人はハンドルに手を掛けた。

(当たれ！　当たってくれ！)

ぎゅっと目を瞑《つむ》って、勢いよくハンドルを回す。

ガラガラガラガラ——————コトン。

受け皿に玉が落ちる音がして、おそるおそる目を開ける。

「…………」

受け皿には、赤い玉が一つ。

赤玉って何等だっけ……とぼんやり考えていると、係員がテーブルの上に置いてあった大きなベルを掴んでガランガランと振り鳴らした。

「おめでとうございまーす‼、一等、ペア海外旅行ご招待です‼」

(…………え⁉)

「おおお～っ！」

その場にいた係員や真子人の後ろに並んでいた客たちから拍手が沸き起こる。

「……ま……まじで？」

狙ってはいたが、実際に当たりましたと言われるとにわかには信じ難かった。

「はい、まじです」

係員がベルを鳴らしながら笑顔で頷く。

「…………えええええ‼」

すっかり暗くなった商店街の夕空に、真子人の絶叫が響き渡った――。


「ただいまあ！」

満面の笑みを浮かべて、真子人は玄関のドアを開けた。

「あ、お帰り」

キッチンでコーヒーを淹れていた由多佳が振り返る。

「兄ちゃん聞いて！　すげーんだよ！　まじで‼　うっひゃあ‼」

興奮状態で部屋に上がろうとして、ふと足元に大きな靴があることに気づく。

「よう真子人」

ダイニングテーブルで我が家のようにくつろぐ地塩に、真子人はあからさまに顔をしかめた。

「なんだ、来てたのかよ……」

数日前に退院した地塩は、傷も治ってすっかり元気そうだ。

学校帰りらしく学生服姿だが、大人びた端整な顔立ちと自信に満ち溢《あふ》れた態度のせいで、とても高校生には見えない。

「まあ座れよ」

悠々《ゆうゆう》と脚を組んで、地塩が鷹揚《おうよう》な態度で向かいの席を指す。

「そこは俺の席！　おまえはこっちに座れ！」

ダイニングテーブルには、真子人と由多佳用の椅子《いす》二脚しかない。大人げないと思いつつ、真子人は唇を尖らせて脚立代わりに使っている安物のスツールを指した。

「ああ？　俺は客だぞ」

「おまえが客のうちに入るかよ！」

「二人とも、喧嘩《けんか》しない。真子人は僕の席に座りなさい」

由多佳が慣れた様子で二人を窘《たしな》め、マグカップにコーヒーを入れてテーブルに置き、スツールを引き寄せて座る。

「で、どうしたの？　何かいいことあったの？」

兄に顔を覗き込まれ、真子人ははっとした。

「そうだ、怒ってる場合じゃない！　海外旅行が当たった!!」

「……え？」

由多佳が首を傾げ、地塩が怪訝そうに目を眇める。

床に放り投げていたバッグを拾い、真子人はパンフレットの束を兄に差し出した。

「見て見て！　行き先はカナダかハワイかラスベガス！　兄ちゃん、どこに行く⁉」

「あの、ちょっと話がよく見えないんだけど……」

「あおぞら商店街・歳末ビッグチャンス抽選会？　ははあ、これが当たったのか」

横から覗き込んで、地塩が顎に手を当てて頷く。

「えっ？　本当に？」

由多佳が目を丸くして、手元のパンフレットをまじまじと見つめる。

「へへっ、すげーだろ。一回回しただけでいきなり一等賞だぜ」

得意げに胸を反らし、真子人は八百屋で補助券をもらったこと、残り時間十五分と聞いて抽選会場に駆けつけたこと、抽選機の中に一個しか入っていない赤玉を見事出したことなどを自慢たっぷりに語った。

「海外旅行ペアでご招待…………ほんとだ。すごい」

「だろーっ！　なあどこに行く？　カナダでスキー三昧《ざんまい》、ハワイでシュノーケリング、ラスベガスで豪華イリュージョン！」

行き先は三コースあり、当選者が好きなコースを選択できるようになっている。先ほど商店街の連合会長から目録を手渡され、簡単な説明を受けてきた。詳細は後日旅行代理店に出向いて決めることになっている。

「ちょっと待って……時期はいつ？」

「二月。出発日はこの中から選んで下さいって」

日程表を見せると、由多佳は「うーん……」と唸って腕を組んだ。

「三泊五日か。僕は無理だなあ……この時期は大学に行かなくちゃならないし」

「ええっ？　ちょっとくらい休めないの？　海外旅行なんて滅多に行けないよ⁉　つかこれを逃したら一生行けないかも……っ」

「由多佳は俺がどこにでも連れてってやるさ」

地塩が肘をついて由多佳を見つめる。

「地塩くん……」

二人の甘ったるいやり取りに、真子人はむっとして唇を尖らせた。

地塩は以前は由多佳のことを「先生」と呼んでいたのに、つき合い始めてから堂々と名前を呼び捨てするようになった。しかも真子人を呼び捨てにするときの口調と全然違う。恋人同士ならではの甘い響きは隠しようもなく……。

「おっ、おまえと兄ちゃんを二人っきりで海外になんか絶対行かせねえ！」

地塩を睨みつけるが、ふふんと鼻で笑われてしまう。

ラスベガス

地塩は高校を卒業したら父親の会社に入社することになっている。三人の中で一番先に社会人になるし、そうでなくても金持ちのボンボンだ。海外旅行など、いつでも気が向いたときに行けるだろう。

「一緒に行けなくてごめん」

由多佳に申し訳なさそうに謝られ、真子人もそれ以上はごねることができなくなってしまった。

「……兄ちゃんが行かないんなら誰と行けばいいんだよお……」

テーブルに突っ伏して、拗《す》ねた口調で呟く。

「学校の友達は？」

「うーん……英語しゃべれる奴いるかなあ……」

真子人は英語がからきしだめだ。コタかブッチとなら楽しい旅になりそうだが、二人とも英語力は真子人とどっこいどっこい、少々心許《こころもと》ないパートナーである。

「母さんは？　英語は微妙だけど……」

「うーん……母ちゃんか……」

十九にもなって母親と一緒に旅行というのは少々気恥ずかしいが、親孝行だと思えばそれもいいかもしれない。

「あーでも、無理かな。卒業式シーズンでお店のかき入れ時だし」

「だな……仕事の鬼の母ちゃんが、五日も六日も店閉めるわけないよな……」

それに、母が海外旅行にはまったく興味がないことを、息子である二人はよく知っている。

眉間に皺を寄せながら考え込んでいると、地塩の携帯電話が鳴り始めた。

「……ああ。そう、今由多佳んとこ」

ぴくっと真子人は耳をそばだてた。

携帯電話から漏れ聞こえてくるこの声は、椋代に間違いない。

――三日前に龍門邸に泊まって以来、椋代とは顔を合わせていない。

風呂場での一件の翌朝、真子人が起きたときには椋代は既に出勤した後だった。

(……いつもなら叩き起こしてでも出勤するとき一緒に車に乗せてってくれるのによー……)

尻を触られたこともむかつくが、黙って置いていかれたことも腹立たしかった。

「ああ、わかった。じゃ」

携帯電話を切って、地塩が由多佳に名残惜《お》しげな視線を向ける。

「椋代が、すぐそこまで迎えに来てるってさ。今日は帰るけど、また泊まりに来いよ」

「俺の前で堂々と誘うな！」

文句を言う真子人をちらっと見やり、地塩がふいに「ああ、そうだ」と身を乗り出した。

「おまえ、その海外旅行、椋代と行けば？　あいつ英語ペラペラだぞ」

「…………はああ⁉　な、なんで俺があいつと……っ」

突拍子《とっぴょうし》もない提案に、真子人は目を剥いて叫んだ。

「最近椋代と仲いいんだろ？　勇太が言ってた」

「だっ、誰が！　仲良くなんかねーよ‼」

真っ赤になって、真子人は否定した。仲がいいなどと思われているのは心外だ。

「……それ、いいかもね。椋代さんと一緒なら僕も安心だし」

二人のやり取りを見ていた由多佳が、真面目な表情で頷く。

「兄ちゃん！」

兄までそんなことを言い出したので、真子人は焦《あせ》った。

「嫌だ！　あいつと一緒に海外旅行だなんて冗談じゃねーよ‼」

ばんとテーブルに手をつき、立ち上がる。

真子人の剣幕《けんまく》に、由多佳も地塩も呆気《あっけ》にとられたようだった。ダイニングキッチンがしーんと沈黙に包まれる。

（……うっ、ついムキになってしまった……）

軽く受け流しておけばよかったと後悔していると、居心地の悪い沈黙を破るように玄関のインターホンが鳴った。

「はい」

由多佳がスツールから立ち上がり、ドア越しに返事をする。

「椋代です。坊ちゃんを迎えにまいりました」

「……っ！」

椋代の声に、真子人はどきりとした。

玄関に背を向けるようにして座り直し、落ち着かない気分で俯く。

「こんにちは。いつも坊ちゃんがお世話になってます」

ドアを開けた由多佳に、椋代がきっちりお辞儀《じぎ》をして挨拶する。

椋代は真子人と二人きりのときは砕けた口調になるが、由多佳に対しては丁寧語《ていねいご》を貫いている。地塩の恋人だからだろうが……。

(それにしたって、俺のときとずいぶん態度違うじゃん)

むっとして、無意識に唇を突き出してしまう。

「こちらこそ、真子人がすっかりお世話になって……あ、椋代さんもコーヒーいかがですか」

「いいえ、私は結構です」

「椋代、真子人が商店街の福引きで海外旅行ペアご招待ってのを当てたんだけどよ。おまえ、二月なら時間取れるだろ？　一緒に行ってやれよ」

地塩がテーブルの上のパンフレットを無造作に掴み、椋代に差し出す。

「なっ、お、俺は別に……っ」

慌てて阻止《そし》しようとするが、パンフレットは椋代の手に渡った後だった。

「……っ」

玄関の狭い三和土《たたき》に立つ椋代と、目が合ってしまう。

その瞬間、真子人は隠しようがないほど真っ赤になってしまった。

「……カナダでスキー、ハワイでシュノーケリング、ラスベガスでイリュージョン。家族で、恋人同士で、友達同士でとことん楽しむ五日間の旅」

椋代が、表情も変えずに淡々とパンフレットの文字を読み上げる。

「僕が一緒に行ければよかったんですけど、その時期はどうしても学校休めないんです。真子人は英語がまったくしゃべれないので……」

兄まで一緒になって椋代に同行を頼もうとするので、真子人は慌てて遮った。

「いっ、いいってば！　友達誘ってみるからっ」

「だけど……未成年同士で海外旅行なんて心配だよ」

「大丈夫だよ！」

「真子人みてえな隙だらけの奴は、あっという間に身ぐるみ剥《は》がされるぞ」

地塩の大袈裟《おおげさ》な脅《おど》しに、真子人はうっと言葉を呑み込んだ。

つい最近、高校時代の友人から〝海外旅行先でスリに遭《あ》って、財布はもちろんパスポートやカードまで盗まれて大変だった〟という話を聞かされたばかりだ。身辺に充分気をつけるとしても、何かあったときに海外旅行初心者の自分やコタ、ブッチだけでは心許ない。

（でも、だからって、こ、こいつと二人で旅行なんて……っ！）

先日尻を触られたときの感触が生々しく甦《よみがえ》り、肌がざわりと粟立《あわだ》つ。

この男と二人きりで海外に行くなんて、耐《た》えられそうにない。緊張して心臓がどきどきして、きっと観光どころじゃなくなる――――。

「ああ、そうだ。椋代がだめなら勇太は？　勇太も日常会話ならなんとかなるだろ」

パンフレットを手に無言で考え込んでいた椋代に、地塩が軽い調子で声をかける。

「勇太さん、英語しゃべれるの？」

驚いて、真子人は地塩のほうを振り返った。

「おう。椋代が教えてるからな。結構しゃべれるぞ。こないだ一緒に買い出し行ったとき、英語で道訊かれて上手いこと説明してたし」

「へええ、そうなんだ！　じゃあ俺、勇太さん誘おっかな」

勇太となら気も合うし、何より緊張しなくて済む。打開策が見つかって、真子人はほっとして表情を緩《ゆる》めた。

そんな真子人をちらりと見下ろし……椋代がゆっくり口を開く。

「いいえ、私が行きます。ちょうど向こうに行く用事もあるんで」

「ええっ!?　ちょ、ちょっとっ」

椋代の申し出に、真子人は目を見開いた。

「まあ椋代が行けるんならそれが一番いいな」

地塩が腕を組んで頷く。

「ありがとうございます！　椋代さんが一緒に行って下さるなら、僕も安心です」

由多佳も胸の前で手を合わせてこくこくと頷いた。

「えええっ！　いやあの、待ってよっ」

思いがけない展開に、真子人は目を白黒させた。

いくら兄や地塩がけしかけたところで、椋代が自分の観光旅行につき合ってくれるはずなどないと思っていた。あっさり同行を承諾《しょうだく》されて動揺する。

「ただし条件があります。行き先、ラスベガスにしていただけませんか」

「えええーっ⁉」

勝手に同行を決められたばかりか、行き先まで指定されて、真子人は不満げに顔をしかめた。

「真子人、高校のとき骨折して以来、スキーはもう懲《こ》り懲《ご》りだって言ってなかった？」

由多佳が冷静な突っ込みを入れる。

「……うん、まあ、そうだな。じゃあカナダは除外」

「それに熱帯魚苦手だよね？　ハワイの海って、それこそ熱帯魚の宝庫じゃないの？」

「……うっ、それはちょっと……じゃあハワイもパス」

「おまえ、熱帯魚怖いのかよ」

「怖いわけじゃねーよ！　普通の魚は平気だけど、あんな不自然な色のものがうじゃうじゃ泳いでるのがちょっと苦手っつーか……」

地塩に鼻で笑われて、真子人は必死で言い訳をした。魚もカラフルな色も嫌いではないが、その二つが組み合わさるとなぜか生理的にだめなのだ。

「じゃあ消去法でラスベガスで決まりじゃねーか」

「う……っ」

………実は、福引きが当たったときからラスベガスに行きたいと思っていた。

兄が一緒に行くなら兄の希望を優先するつもりだったが、椋代に行き先を指定されて、つい反発してしまったのだ。

「決まりですね。詳細は後日。では、失礼します」

「どうぞよろしくお願いいたします」

椋代と由多佳の間で話がまとまり、真子人は焦った。

「ちょ、ちょっと待てよ……っ！」

真子人のセリフを無視して、椋代はさっさとドアを開けて外廊下に出てしまった。

「よかったな真子人、頼れるパートナーが見つかって」

靴を履《は》きながら、地塩がにやりと笑う。

「おまえら、勝手に決めんなよ！」

地団駄《じだんだ》を踏むが、地塩の目はもう真子人を映してはいなかった。

「由多佳……後でまた電話する」

「うん……気をつけてね」

「俺の目の前でいちゃつくなーっ！」

放っておいたらそのまま人目も憚《はばか》らずにキスしそうな勢いの地塩と由多佳に、真子人は肩を怒らせて絶叫した。

3

（本当にラスベガスに来ちゃった……！）

——成田空港《なりたくうこう》からシアトルを経由して約十三時間、ネバダ州マッカラン国際空港。

初めて降り立った外国の地は、空気までもが日本と全然違うような気がする。

海外旅行初心者の真子人にとっては、見るものすべてが目新しく新鮮だった。

「うわー……まじでアメリカだあ……」

様々な言語が飛び交い、様々な人種が行き交うロビーに足を踏み入れて、真子人はしみじみと呟いた。

「そりゃそうだ」

頭上から降ってきた素っ気ない突っ込みに、くるりと振り返って傍らの男を睨みつける。

椋代は涼しい顔をして案内表示板を見上げていた。

（うう……同行者がこいつだっていうのが、やっぱちょっとむかつくけど……っ）

十二月半ばに商店街の福引きで海外旅行を当てて一ヶ月半。だめ押しで母親に海外旅行の話を持ちかけたが、あっさり断られてしまった。

（まあでも、椋代さんが一緒に来てくれたおかげで色々助かったけど）

旅慣れた様子の椋代のおかげでまごつくこともなく、出発までカード会員専用ラウンジでゆったりくつろぐことができた。おまけに、真子人がリクライニングチェアでくつろいでいる間に、エコノミークラスだったはずのチケットがビジネスクラスに変わっていた。

『え？　なんでビジネスクラス？』

カウンターから戻ってきた椋代に尋ねると、椋代は『ダブルブッキング』と事もなげに言って新聞を広げた。

『へえ、そういうことってあるんだ。ラッキー』

椋代がいなかったら、そうしたアクシデントに対処できたかどうかわからない。

椋代と肩を並べて、スーツケースを受け取りにバゲージクレームに向かう。

「飛行機初めてで疲れただろ」

「ううん、全然。機内食も美味《おい》しかったし新作映画も見られたし、言うことなし！」

ビジネスクラスの座席は広々していて寝心地もよく、おかげで初めての長時間フライトにもまったく疲れを感じることなく、快適な時間を過ごすことができた。

「そうか、そりゃよかった」

「だけど最初にビジネスなんか乗っちゃったら、今度エコノミーに乗ったときにギャップありそうだよなあ。ううっ、帰りは覚悟しとかないと」

「そうだな」

ふと、すれ違う人たちからじろじろと見られていることに気づく。

(椋代さんって目立つからなあ)

成田でもそうだったが、人種の坩堝《るつぼ》のアメリカでも人目を引くらしい。服装は真子人のほうが派手なのだが、椋代は地味なスーツを着ていても目立つ。

(……ま、背が高くてガタイいいとそれだけで人目引くし……あーでもアメリカは背高くてガタイいい人多いよな？　うーん……ま、認めたくないけど一応かっこいーし)

椋代に興味深げな視線を投げかけているのは、女性ばかりだ。

エスカレーターの手すりにもたれ、真子人はじっと隣の椋代の横顔を見上げた。

整った顔立ちと鋭い目つき、一見強面だが、それだけではない男の色気のようなものも漂わせている……ような気がする。

「……なんだ」

椋代が不審《ふしん》そうに眉根を寄せてちらりと真子人を見下ろす。

「ん？　ああ……椋代さんっているだけで超目立つなーと思って」

「なんだそれは」

椋代が唇の端に笑みを浮かべ、真子人のほうへ体を向ける。

顔を覗き込まれ、真子人はどきりとして後ずさった。一緒にいることにはすっかり慣れたはずなのに、なぜか最近、急に近くに来られると緊張してしまう。

それはきっと……椋代に触れられたときのことを思い出してしまうからだ。

「いやなんか、さっきからみんなに見られてるからさ」

「おまえが目立つからだろ。よくまあこんなに真っ赤にしてきたな……ま、迷子になったとき探しやすくて助かるが」

椋代に後頭部の髪を一房摘《ひとふさつ》まみ上げられ、真子人はびくっと背筋を震わせた。

旅行の直前に明るめの赤を入れたので、真子人の髪はロックミュージシャンのようになっている。華やかな色味で気に入っているのだが、地塩には「鶏《にわとり》かよ」とからかわれてしまった。

「こっ、これは実習で……っ、つか触んなよっ」

椋代の手を払いのけ、真子人は赤くなってしまった頬を見られないようにそっぽを向いた。

「だいたい椋代さんいっつも目立ちすぎなんだよ。学校でも友達にあれは誰だってすげー訊かれて……」

学校まで迎えに来てくれたり、龍門邸に泊まった翌日学校まで送ってくれたりするので、椋代の顔はすっかり友人たちに知れ渡ってしまった。『真子人、今朝はイケメンのベンツでご出勤だったんだってな』とか『あのスーツの男前、おまえの何?』などなど、何度訊かれたかわからない。

「なんて答えたんだ」

「ん？　親戚のおじさん」

「おじさん？」

椋代の眉が、ぴくっとつり上がる。

「おじさんじゃん」

「……俺はまだ三十二だ」

「えっまじで？　四十くらいいってるのかと……いてっ」

大きな手が伸びてきて、軽く頭をはたかれてしまった。

「親戚のお兄さんだと訂正しておけ」

「しねーよ」

椋代の目が笑っているのを見て、真子人も軽口で応酬する。

スーツケースを受け取ってショップの建ち並ぶエリアを歩いていると、コーヒーとシナモンのいい香りが漂ってきた。

「おおっ、美味そ～」

通りがかりのドーナツショップのウィンドウを覗き込み、真子人は思わず声を上げた。色とりどりのドーナツが並んだケースがいかにもアメリカという雰囲気で、ちょうど小腹も減っていたので強烈に引き寄せられる。

「ホテル行く前に軽く食っていくか？」

「うん、ドーナツ食べたい！」

目を輝かせて頷くと、椋代がふっと口元に笑みを浮かべた。

「まさかドーナツショップに入ることになるとは思わなかったな……いやいや、子供連れだと旅行も新鮮だ」

「なんか言った？」

椋代を睨みつけてから、いそいそとドーナツが並ぶケースに近寄る。

「これと、これと……あ、やっぱりこっちにしよ。あーでもこれも食べたい」

ケースの前で、真剣な目つきでドーナツを吟味《ぎんみ》する。初めて目にするフレーバーもあって、目移りしてなかなか決められない。

「とりあえず今食うやつを選べ。残りはテイクアウトすればいい」

「んー……でも……」

ドーナツの値札を見て、頭の中で日本円に換算する。ドーナツショップといっても高級路線らしく、決して安くはなかった。

「心配しなくても買ってやる。好きなの選べ」

「……いいの？」

椋代にはいつも食事を奢《おご》ってもらっているが……観光旅行につき合ってもらった上に奢ってもらうなんてさすがに気が引ける。

「遠慮するな。十以上も年下のおまえに食事代を払わせるなんて、俺のプライドが許さん」

「ほんと？　やったあ」

ぱっと顔を輝かせて、真子人は椋代の好意に甘えることにした。ここで遠慮するほど真子人は奥ゆかしくないし、〝弟〟の特権で、こういう場合は素直に甘えたほうがいいことをよく知っている。

「これと、これ。飲み物はこれね」

ドーナツとドリンクメニューを指さして、強引に日本語で注文する。若い女性店員が可笑《おか》しそうに笑いながら英語で復唱し、トレイにドーナツを載せてくれた。

椋代も甘くない総菜《そうざい》系のドーナツとコーヒーを注文する。

「いただきまーす！」

ショップ内の飲食エリアで、さっそく砂糖のかかった大きなドーナツに齧《かじ》りつく。

「おおっ！　アメリカって感じの味！」

「なんだそりゃ」

「うーん、香料が日本と違う感じ？　美味いかどうかというと微妙なところだけど、俺は嫌いじゃない」

「ああ、なるほど……確かにこっちの香料は独特だな」

「この味、兄ちゃんは多分苦手だな～。兄ちゃんは外国のきつい香料だめだから、お土産《みやげ》選ぶとき気をつけないとな～」

一つ目をぺろりと平らげて二つ目のドーナツにかぶりついていると、斜め前の席の老婦人と目が合った。上品な白髪のレディに「ハイ」と軽く手を振られて、真子人もつられて笑顔になって「ハーイ!」と手を振り返す。

椋代が怪訝そうな顔で後ろを振り返る。老婦人は椋代にもにっこり微笑《ほほえ》みかけ、椋代も軽く会釈《えしゃく》を返した。

「そうか。こっちの人は見ず知らずの人にでも目が合うと挨拶するからな。俺はどうもこの習慣には馴染めない」

「そーなの？　俺は声かけられるとなんか嬉しい」

「おまえは適応力ありそうだもんな。英語ができなくても楽しくやっていけそうなタイプだ」

「褒《ほ》めてるの？」

「ああ、褒めてる」

コーヒーを飲みながら、椋代がふっと口元に笑みを浮かべる。

その表情に、真子人はどきりとした。からかわれているのかと思ったが、どうやら椋代は本当に褒めてくれているらしい。

(なんか……こいつに褒められると調子狂う……)

視線を逸らして、黙々と二つ目のドーナツを平らげる。

そういえば、最近椋代はよく笑顔を見せるようになった気がする。出会った当初はひどく無愛想で、空気の読めない真子人でさえ近寄り難く感じたものだが……つき合いが長くなって打ち解けてきたということだろうか。

「おまえはなんでも美味そうに食うから、こっちも食わせ甲斐がある」

「……それも褒めてるの？」

「ああ、ものすごく褒めてる」

「そこまで言ったら嘘くせーよ」

くすぐったいような照れくさいような気持ちを気取《けど》られたくなくて、真子人はわざとしかめっ面を作って指についたクリームを舐《な》めた。


マッカラン国際空港はラスベガス中心部の近くにあり、アクセスがいいことで知られている。空港からタクシーに乗って数分、窓の外に広がる煌《きら》びやかな街の光景に、真子人は思わず歓声を上げた。

「すげえ！　ガイドブックで見てたけど、実物は迫力が違うー！　街全体がアミューズメントパーク！」

ラスベガスブルーバード、通称ストリップと呼ばれるメインストリートには、巨大ホテルやカジノ、劇場が立ち並んでいる。その一つ一つが驚くほど大きくて、いささか過剰なほどの装飾に彩《いろど》られている。

「うひゃあ、目がちかちかする……昼間でもこんだけすごいのに、夜はネオンぴかぴかなんだろ？　楽しみー！」

真子人がはしゃいでいるのを見て、タクシーの運転手が振り返って嬉しそうに英語で何かまくし立てる。

「何？　なんて言ってるの？」

身を乗り出して、運転手と椋代を交互に見やる。

「どうだすげーだろ、ラスベガスは世界一ホットでゴージャスな街だ、と言っている」

「うん、すげえ、まじでびっくりした、って言って」

椋代が流暢《りゅうちょう》な英語で真子人の言葉を運転手に伝えると、運転手は満足げに何度も頷いた。

渋滞したストリップをのろのろと進み、やがてタクシーは一際巨大な高層ホテルの車寄せへと入っていった。

「うおお……お城みたい……！」

真子人が興奮して騒いでいる間に、椋代が支払いを済ませてタクシーから降り立つ。トランクからスーツケースを下ろしてくれた運転手が真子人のほうをちらちら見ながら椋代に何か話しかけ……椋代が苦笑して短く答える。

「さっきなんて言われたの？」

タクシーが走り去ってから、真子人は椋代に尋ねた。

椋代が、真子人を見下ろしてにやりと唇の端を上げる。

「連れのキュートな彼は恋人か？　だとさ」

「…………………はああ⁉」

一拍置《いっぱく》いてから、真子人は素《す》っ頓狂《とんきょう》な声を上げた。

「なっ、な、よりによって、こっ、こい……っ」

口をぱくぱくさせる真子人を面白そうに観察し、椋代が真面目な顔で呟く。

「……ま、端《はた》から見たら青年実業家とその愛人って感じだもんな」

「ちょっと待てこら！　あ、愛人ってのはなんじゃい！」

真っ赤になって、真子人は歯を剥いた。

「そんなほっそい体にぴったりした服着てりゃ、こっちじゃゲイだと誤解されても仕方ない」

「今これが流行《はや》ってるんだよ‼」

真子人としては流行の服をジャストサイズで着ているだけで、ぴったりした服を着ているなどという自覚はまったくなかった。

改めて自分の服を見下ろし、どきりとする。

薄手のコートの下、白いカットソーが平らな胸と腹にぴったり張りつき、大きなバックル付きのベルトが細い腰を強調している。日本では珍しくもないローライズの細身のジーンズが、ここでは少々目立つ服装であるらしいことにも気づく。

「まあそんなに怒るなって。ちゃんと〝違う〟って言っといたから。ほら行くぞ」

「触るなーっ！」

くしゃっと髪を撫でられ、真子人は全身の毛を逆立てた。

（こっ、こいつが変なこと言うから、変に意識しちまうじゃねーか！）

ドアマンが恭《うやうや》しく開けてくれた扉を、俯きながらぎくしゃくとくぐる。

重厚な扉が開くと、いきなりスロットマシーンの賑やかな音が聞こえてきた。

「おっ！　さっそくカジノがある！」

ラスベガスはカジノの街だ。どのホテルも一階の目立つ場所がカジノになっており、宿泊客以外も自由に出入りできるようになっている。

「おい、カジノに迷い込むなよ。通路はこっちだ」

首を伸ばしてカジノルームを覗き込もうとする真子人を、椋代が窘める。

「……わかってるよ」

ネバダ州の法律では、二十一歳未満の者がカジノで遊ぶことは厳しく禁じられている。

立ち止まってゲームを見物することすら許されておらず、ホテル内で移動するときにやむを得ずカジノルームを通る場合も、二十一歳以上の大人同伴でなくてはならない。

『せっかくラスベガスに行くのにギャンブルできないのかよー』

パンフレットの注意書きでそのことを知ったとき、真子人は大いに落胆した。格別賭け事に興味があるわけではないが、ラスベガスに行くからには一度は映画やドラマに出てくるような華やかな場面を味わってみたかったのだ。

『僕はそのほうが安心だよ。真子人がカジノで調子に乗ったら困るもん』

真子人の性格をよく知っている由多佳は、そう言って胸を撫で下ろした。

フロントの列に並んで、真子人は改めてホテルのロビーをぐるりと眺め回した。

「うおお……すげえ……」

天井で煌めく色とりどりのガラス細工《ざいく》の花を見上げ、感嘆の声を上げる。

さすがラスベガス、規模も装飾も半端ではない。特に真子人たちが泊まるこのホテルはラスベガスで最大級と言われており、ホテル内の劇場では連日有名なショーが上演されている。

（なんつーか……ホテルっていうより一つの街みたいだなあ……）

カジノや劇場だけでなく、レストラン街に高級ブティック、プール、スパ、温室まであるらしい。このような巨大ホテルがずらりと並んでいるのだから、さすがは世界一の歓楽都市だ。

「明日ショーを見たら後は自由行動だろ。明後日《あさって》はレンタカーでグランドキャニオンに行ってみるか」

「ほんと？　行きたい！」

グランドキャニオン国立公園はラスベガスから車で約五時間ほどのところにある。オプショナルツアーもあるが、レンタカーで連れて行ってもらえるならそのほうがありがたい。

「日帰り強行軍だからあんまり遠くまでは行けないけどな」

「近場でいいよ、アメリカって感じの砂漠の中の道、走ってみたい！」

しかし……自分につき合わせるばかりでは悪いような気がして、真子人は椋代を見上げた
「椋代さんさあ……せっかくラスベガスに来たんだから、俺に構わずカジノ行っていいよ。俺はストリップにあるテーマホテル巡りするつもりだからさ。それなら一人でも大丈夫だし」

ストリップにはニューヨーク、パリ、ベネチア、エジプトなどテーマに沿ったホテルがいくつもある。それぞれのホテルに自由の女神像、エッフェル塔、ベニスの運河やピラミッドなどがあって、退屈しそうにない。ホテル巡りをするだけなら、一人でもどうにかなるだろう。

「俺はカジノには興味ない」

真子人を見下ろして、椋代がぼそっと呟く。

「ええっ、意外！　若い頃に遊び倒したから？」

そう言うと、軽く頭を小突かれた。

「違う。俺は賭け事はやらないことにしてるんだ」

「なんで？」

「親父が、それで身上《しんしょう》潰したからな」

椋代の口からさらっとそんな言葉が出てきて、真子人は驚いて椋代の顔を見上げた。

「…………え？」

椋代は地塩の父親である元組長を「親父さん」と呼ぶことがある。しかし呼び捨てにするということは、実の父親の話だろうか。

「それって……椋代さんのお父さんのこと？」

「そう」

椋代が頷いたところでチェックインの順番が回ってきて、話はそこで途切れてしまった。

（……椋代さんが自分の家族の話をしたのって初めてだ）

フロントのゴージャスな金髪美女と英語でやり取りする椋代の横顔を見つめる。

（ん？　なんか揉《も》めてる？）

フロント係がパソコンのモニターを覗き込んで何か言い、それに対して椋代が早口でまくし立てている。二人の口調から、何か手違いがあったらしいことが窺えた。

「どしたの？　なんかトラブル？」

フロント係が一旦奥に引っ込んだので、真子人は椋代に小声で尋ねた。

「ああ、ダブルブッキングらしい。交渉してみるが、もしかしたら別の宿を探さなきゃならんかもしれん」

「え……またダブルブッキング？」

フロント係が金髪をなびかせて戻ってきて、椋代に何か提案する。

椋代が一瞬黙り込み……ちらりと真子人を見下ろした。

「え？　何？」

「…………いや、一応部屋はあるみたいだが」

「ほんと？　よかったあ。どんな部屋でもいいよ、贅沢《ぜいたく》は言わない」

ほっと胸を撫で下ろして破顔《はがん》すると、椋代がフロント係に向き直る。

真子人にはちんぷんかんぷんなやり取りの末、椋代が「サンキュー」と微笑んでカードキーを受け取る。

「……なんだよ今の笑顔」

「……は？」

ベルボーイの後に従ってエレベーターに向かいながら、真子人は椋代の脇腹を肘でつついた。

「あのフロントのお姉さんに対する態度。なんかいつもと違う」

椋代が女性に愛想を振り撒くところなど、初めて見た。なんだか面白くないのは、違和感のせいだろうか……。

「郷《ごう》に入《い》っては郷に従え。こっちじゃ愛想よくしといたほうが色々面倒がなくていいんだよ」

「ふーん……でもさ、あのお姉さんもなんか意味ありげな流し目だったよね」

無意識に唇を尖らせてしまう。

実は、椋代が女性から秋波《しゅうは》を送られるのは今に始まったことではない。日本にいるときから一緒に出かけるたびに女性の視線が椋代に集まっているのは感じていた。

しかしアメリカに来てからは、更にそれが強まっている気がする。外国人女性のほうがより積極的なのか、乗り継ぎのシアトルの空港でも、真子人がトイレから戻ってくると、椋代は若い女性に親しげに話しかけられていた。

「向こうだって客商売だから愛想振り撒いてるだけだろ」

「そうかなあ？　客室乗務員のお姉さんも妙に椋代さんにだけサービスよかったじゃん」

「なんだ、やけに突っかかってくるな。妬《や》いてるのか」

「は？　誰に何をどう妬くんだよ？」

小声で言い合う真子人と椋代を、若いベルボーイが興味深げにちらちらと盗み見ている。気恥ずかしくなって、真子人はむっつりと黙り込んだ。

エレベーターホールで立ち止まると、椋代が人の悪い笑みを浮かべて真子人の脇腹を肘でつつき返す。

「知ってるか、真子人。こっちじゃ家族でもない男二人が同じ部屋に泊まる時点でゲイ認定だ」

「……うっそ」

「本当。日本じゃ出張のサラリーマンが同僚とツインに泊まったりするのは珍しくもないが、こっちではそれはあり得ない」

「……どっ、どーすんだよ、一部屋しかねーぞ、そーゆーことは出発前に言えよ……っ」

急にそんなことを言い出した椋代に、真子人は狼狽《うろた》えた。

先ほどのタクシーの運転手の件だけでも動揺しているのに、更に畳《たた》みかけるように意地の悪いことを言う椋代に腹が立つ。

椋代としては世間知らずの真子人をからかっているだけなのだろうが、真子人はこの手の冗談には慣れていない。

「言ったってどうしようもねーだろ」

「そりゃそーだけど、心の準備的なものが……っ」

「そうだな……いっそのこと、ここにいる間は恋人同士っていう設定にしとくか？」

「…………っ‼」

真っ赤になって、真子人は口をぱくぱくさせた。いつものように言い返したいのに、言葉が出てこない。

目の前のエレベーターが到着し、煌びやかな扉が開く。

「……冗談《じょうだん》だ。ほら、行くぞ」

椋代に背中を叩かれて、真子人は声もなくよろめいた。

（こっ、このお……っ）

エレベーターに乗り込んで椋代を睨みつけるが、椋代は涼しい顔をしている。

真子人と椋代をちらちらと見ながら、ベルボーイが微妙な笑顔を浮かべる。端から見たらゲイカップルの痴話《ちわ》喧嘩にしか見えないであろうことに気づき、背中に嫌な汗が流れた。

（椋代さんが急に変なこと言うから、なんか妙に意識しちゃうじゃん……っ）

エレベーターが上層階に停まり、ロビーの喧噪《けんそう》とは裏腹に静まり返った長い廊下を歩く。

廊下の一番奥、重厚な扉をベルボーイが恭しく開けてくれた。

「……ええっ、ちょっとこれ、元々予約してた部屋よりすげー広くね？　これってもしかしてスイートってやつ？」

フロント係が部屋をグレードアップしてくれたらしい。リビングとベッドルームが別になったゴージャスな部屋に、真子人は驚いて目を瞠《みは》った。

「うわあ……！」

大きな窓から見える風景に歓声を上げ、先ほどまでの気まずさも忘れて窓に駆け寄る。

眼下に広がる色とりどりの建物は、まるで巨大なおもちゃ箱のようだ。昼間でもこれだけ華やかなのに、夜には煌びやかなネオンが瞬く宝石箱に変貌するのだと思うと、胸がわくわくする。

振り向くと、椋代がベルボーイと二言三言やり取りをして紙幣を何枚か差し出していた。

（あ、そっか。こっちはチップを渡さなきゃいけないんだ）

初心者向けの海外旅行ガイドブックに、日本にはない慣習ゆえに忘れてしまいがちなので気をつけるように、と書いてあったのを思い出す。

（そういえば椋代さん、さっきドアマンにもさりげなくチップ渡してたなあ）

ベルボーイが部屋を出て行き、二人きりになる。気まずさをごまかすように、真子人は殊更明るく切り出した。

「いやあ、ダブルブッキングっていうから予備の狭い部屋に押し込まれるのかと思ってたー。ここがベッドルームかな？」

ゴージャスな部屋にうきうきしながら、ベッドルームのドアを開ける。

「おおっ！　………お？」

――モダンな内装の寝室の中央に、巨大なベッドが一台。

（あれ？　えっと……）

部屋を見渡すが、ベッドは一つきりだ。もう一つベッドルームがあるのだろうか。

「ふーん。まあまあだな」

「……っ」

真後ろから椋代の声がして、真子人はどきりとして体を竦ませた。

まさかこのベッドで椋代と一緒に寝るのだろうか……。

「キングサイズだから、寝相の悪いおまえに蹴られる心配もなさそうだしな」

「えっ、ええっ、まじで一緒に寝るの⁉」

「青年実業家とその愛人という設定がますます真実味を帯びてくるな」

「はあぁ⁉　ちょっ、ちょっと待てよ！」

またしても妙なことを言われて、真子人は焦って振り返った。

間近で椋代の三白眼に見下ろされ、どきりとする。

「……別にどう思われようと構わんだろ。知り合いがいるわけじゃねーし」

椋代が、真子人に背中を向けてジャケットを脱ぐ。

「そっ、そりゃそーだけど……っ」

「おまえ、さっきどんな部屋でもいいって言ったじゃねえか。ツインは満室だ。嫌ならソファで寝ろ」

「…………」

面倒くさそうに言われて、真子人は口ごもった。

確かに、これだけ大きなベッドなら体が触れ合うこともないだろう。

（うう……まさか同じベッドだとは……）

これ以上がたがた言うのも大人げない気がして、真子人はリビングルームのソファに力なく倒れ込んだ。

「……なあ、晩飯までどーする？　俺、テーマホテル巡り行きたいんだけど」

ソファの肘掛けにもたれながら、ベッドルームの椋代に声をかける。

「俺はちょっと人と会う約束がある」

「……えっ？」

がばっと起き上がり、真子人はベッドルームのほうを振り返った。

椋代はいつの間にか荷を解いて、新しいワイシャツに着替えていた。

「一時間ほどで戻るから、俺が帰ってくるまで部屋にいろ」

「ええーっ！　椋代さんだけ出かけるの？　俺もこの辺ぶらつくくらいいいじゃん、カジノには絶対近づかないからさあ」

「だめだ」

にべもない返事に、真子人はむっとして唇を突き出した。

「……じゃあホテルの室内プール行く。ホテルから出なきゃいいんだろ？」

「それもだめだ。この部屋にいろ」

「ちょ、それはいくらなんでもひどくね？　英語しゃべれなくてもプールくらい入れるぞ！」

あれこれ行動を制限され、真子人は立ち上がって椋代に抗議した。

「おまえ、由多佳さんに言われただろ。こっち来たら俺の言うことに従えって」

それを言われると、返す言葉がない。

兄には何度も釘《くぎ》を刺されている。出発前にも、くどいほど注意されたばかりだ。

『真子人、旅行中は椋代さんの言うことをちゃんと聞くんだよ。絶対に一人で勝手な行動しないこと。たとえホテルの中でも、椋代さんと一緒に行動すること。いいね？』

迷子になったりトラブルに巻き込まれたりすれば、椋代に迷惑をかけることになる。それはわかっているのだが……。

「……えー……せっかく新しい水着買ったのにい……」

ソファにうずくまるようにして未練がましく呟くと、髪をくしゃっと撫でられた。

「ホテル巡りは、晩飯食った後でまだ行く気があればつき合ってやるよ」

「……………わかった」

「晩飯は何食いたい？」

「せっかくアメリカに来たからアメリカ料理。アメリカ料理ってあんのかな？」

「このホテルにカリフォルニア料理のレストランがある。そこにするか」

「うん。ロブスターあるかなあ？　ロブスター食ってみたい！」

現金なもので、真子人はにわかに上機嫌になった。日本ではあまり馴染みのないカリフォルニア料理という言葉の響きにわくわくする。

「じゃあ予約入れておく。おまえ、晩飯までちょっと横になってろ」

「え？　全然眠くないよ」

「今は気が高ぶって眠くないだろうが、そのうち時差ががくっと来るからな。休めるうちに休んどけ」

「そっかあ……うん、わかった」

海外旅行初心者は、上級者のアドバイスに従ったほうがいいだろう。真子人は素直に頷いた。

ベッドルームでスーツケースを開けて着替えを引っ張り出していると、椋代がレストランに予約の電話をしている声が聞こえる。

「なあ、椋代さんってもしかして、こっちに住んでたことがあるの？」

電話を終えた椋代に、真子人は何気なく話しかけた。

「……どうしてそう思うんだ」

椋代が、怪訝そうな表情で振り返る。

「んー……なんかさ、やけにこっちの流儀に慣れてるじゃん。チップ渡すのとか、俺なんかうっかり忘れちゃいそうだけど。それに……英語上手い奴は俺の高校にもいたけど、なんていうか……日本で英語習って上手くなった奴と発音が全然違う」

「へえ……おまえ、耳はいいんだな」

真子人を見下ろして、椋代が感心したように呟いた。

「――――昔、五年ほどこっちに住んでたことがある」

「あ、やっぱり？　留学とか？」

「まあそんなとこだな」

「ほえー、すげえ！　だから英語ペラペラなのかあ」

椋代の意外な過去に驚いていると、ベッドルームで携帯電話の着信音が鳴り始めた。

「えっ？　携帯鳴ってる……？」

「ああ、俺のだ」

椋代がベッドルームへ入ってドアを閉める。

(俺には聞かれたくない話、か)

人と会う約束があると言っていたが、その相手だろうか。ドア越しに途切れ途切れに聞こえる会話は日本語のようだった。

(仕事相手なのかな……)

そういえば福引きに当たって旅行先を選んだとき、椋代は「ちょうど向こうに行く用事がある」と言っていた。

バスルームへ入ってドアを閉め、広々した洗面台で顔を洗う。

(それとも留学時代の……恋人とか？)

あれだけもてるのに、椋代には現在つき合っている女性がいるような気配がない。もしかしたら遠距離恋愛中なのでは……などという考えが頭をよぎる。

女性関係を詮索《せんさく》する気はないが、それにしても一緒に旅行に来てるんだから誰と会うかくらい教えてくれればいいのに、と少々恨めしくなる。

「……ま、俺には関係ねーけど」

ふかふかのタオルで顔を拭《ふ》きながら独《ひと》りごちる。

「真子人、じゃあ俺はちょっと出かけてくる。なんかあったら俺の携帯に電話しろ」

バスルームのドア越しに椋代の声がして、真子人はぎくりと体を強ばらせた。

「わかった！」

声を張り上げて、短く返事をする。

やがてオートロックのドアが閉まる重たげな音がして、椋代が出て行ったのがわかった。

バスルームから出て、真子人は大きなため息をついた。

（そもそも椋代さん、初めからなんかの用事のついでに俺の旅行につき合ってくれてるだけだしな……）

一人部屋に取り残されたような……少々心細い気持ちになってしまう。広くて華やかな室内は、一人きりだとどうにも落ち着かない。

さっきまで微塵《みじん》も感じていなかった疲れが、じわじわと体の中から広がり始める。

（シャワー浴びてから仮眠すっか）

落ち着かない気持ちを振り切るように、真子人は勢いよくシャツを脱ぎ捨てた。

＊＊＊

「椋代さん」

――ホテルの敷地内にある、巨大な噴水広場。

観光客に紛れるようにして噴水ショーを眺めていた椋代は、視線だけ動かして隣に立つ男を見やった。

玉垣《たまがき》勇一、元龍昇会組員で、勇太の兄である。

椋代よりはやや背が低いが、それでも充分長身の部類に入るだろう。横幅のあるがっちりした体格と五分刈《ごぶが》りの髪、角張った顔が柔道家を思わせる。薄い色のサングラスに柄物のシャツという取り合わせは日本だったらかなり目立つだろうが、ここではむしろ周囲に溶け込んでいた。

「元気そうだな」

「ええ、おかげさまで」

さりげなく池の前から離れ、連れ立ってゆっくりと歩く。

「こんなにすぐに来ていただけるとは思ってませんでした」

「ああ……俺も予定外だったんだが、ちょうどこっちに来る用事ができてな」

勇一が、肩を揺すって小さく笑う。

「さっきロビーで、椋代さんがえらく綺麗な若い男の子連れてるの見ましたよ。坊ちゃんに感化されたんですか」

「違う、あれは坊ちゃんの恋人の弟だ」

眉をひそめて、椋代は即座に否定した。

「はは、冗談ですよ。勇太から聞いてます。真子人さん……でしたっけ」

「ああ……」

勇一を横目で見て、椋代は頷いた。

「まったく、おまえにからかわれるようになるとはな」

「昔の椋代さんは怖かったですからねえ。冗談の一つも言えない雰囲気でしたもんね」

「そうだったか？」

「そうでしたよ」

髪を掻き上げながら、椋代はかつての舎弟のセリフに苦笑した。

確かに、数年前の自分は殺伐《さつばつ》とした空気を身にまとっていた。組でも舎弟たちに怖れられ、真子人のような生意気なガキなど寄せ付けもしなかったのに……。

「坊ちゃんの恋人の弟さんとはいえ、学生の観光旅行につき合うだなんて、昔の椋代さんじゃ考えられませんね」

「……おまえにそう言われると、自分がひどく軟弱になったような気がする」

「懐《ふところ》が深くなった、と言えばいいんじゃないですか」

「なるほど」

他愛のない話をしながらも、二人の視線は注意深く周囲の人間を観察していた。遊歩道の一角、目立たない場所にあるベンチに座り、声を潜める。

「——例の男ですが、一昨日《おととい》からまたここのホテルに出入りしてます。主にナイトクラブで商売をしているようです」

「相変わらず龍昇会を名乗ってるのか」

「ええ」

——二ヶ月前、椋代は勇一から『ラスベガスで龍昇会の組員を名乗る日本人が麻薬の売買をしている』という連絡を受けた。

龍昇会は一年半ほど前に解散し、不動産や金融を扱う企業として生まれ変わった。組長の意向で、ヤクザの世界からはすっぱり足を洗っている。

『こいつのためにも、世間に後ろ指をさされねえように生きてえんだ』

内縁の妻を正式に籍に入れたとき、組長……現社長はそう言った。

龍昇会の若頭として組長を陰日向に支えてきた椋代に、戸惑いがなかったと言えば嘘になる。しかし組長に一生ついていくと決めたからには、生まれ変わった会社『アールトラストコーポレーション』を支えていくのが使命だと思っている。

「いったいなんのために……。ハクを付けたいなら、もっと大きい組はいくらでもあるのに」

顎に手を当てて、椋代はずっと疑問に思っていた点を口にした。

「そうなんですよね。本当に龍昇会の元組員ならいざ知らず、まったく無関係な男ですからね」

勇一が隠し撮りした写真を見たが、椋代が把握している限りでは、敵対する組の構成員でもない。

佐藤泰男《さとうやすお》と名乗るその男の素性は、まだ割れていない。ラスベガスに現れたのは最近だが、勇一が見聞きしたところ、アメリカでの暮らしが長いような印象を受けたという。

「とにかく、勝手にうちの名前を使ってもらっちゃ困る。今は小遣い稼ぎ程度のようだが、ドラッグは軌道に乗れば商売が大きくなる。今のうちに悪い芽は摘み取っておかねえとな」

……ヤクザ稼業から足を洗ったといっても、一年やそこらですべてが綺麗に片付くわけはない。今も水面下で残務処理は続いており、表立って動けない社長に代わって椋代がその仕事を担っている。

「とりあえず今夜そのクラブに偵察《ていさつ》に行ってみる」

「ええ、お願いします。私は仕事があって行けないんですが」

「構わん。俺一人のほうがいいだろう」

そう言って、椋代はベンチから立ち上がった。ちょうど噴水ショーが終わり、観光客がぞろぞろと引き始めている。

人波に紛れて、二人はホテルの正面玄関に向かった。

ホテルの敷地は広大で、玄関までかなり距離がある。建物の内部も同様で、客室から玄関まで優に十分はかかるほどだ。

「ラスベガスは初めて来たが、いちいちでかくて派手だな」

「ええ、私も最初来たときは度肝を抜かれましたよ」

「どうだ、仕事のほうは」

勇一はこのホテルの日本料理の店で板前をしている。

組に入る前、勇一は都内の料亭で板前修業をしていた。組が解散したのを機に、再び料理の世界に戻ることにしたのだ。

「おかげさまでだいぶ慣れました。言葉もどうにかこうにか。先月から寿司《すし》のカウンターを任されてるんですよ。ぜひ真子人さんと一緒にいらして下さい」

「ああ、明日の夜、ショーの前に行こうと思ってる。今夜は真子人のリクエストでカリフォルニア料理なんだ」

「このホテルの？　今評判のレストランですね。あそこはロブスターが美味しくてお勧めですよ」

「そうか。真子人がロブスター食いたがってたからちょうどよかった」

勇一が肩を揺すってくっくと笑う。

「なんか信じられないっす。あの椋代さんが、若いもんのリクエストを優先するなんて」

そんなことはない、と言い返そうとして、椋代ははたと口を噤んだ。

言われてみればそうかもしれない。プライベートで、相手のリクエスト優先で動いたことなどなかった気がする。

「……ま、あいつは舎弟じゃないし、あいつの兄貴には坊ちゃんが世話になってるからな」

そっぽを向いて、言い訳をする。

「本当は先に一人でバーやカジノに偵察に行きたいんだが、約束は守らねえと……。また連絡する。じゃあな」

真子人のことをそれ以上突っ込まれたくなくて、椋代は振り返らずにホテルの玄関へと向かった。

＊＊＊

「……っ⁉」

ベッドに突っ伏してうとうとしていた真子人は、微《かす》かな物音で目を覚ました。

（椋代さん、帰ってきたのかな）

目を擦《こす》りながら起き上がる。裸足のままリビングルームを覗き込むが、誰もいない。

物音は、どうやら廊下から聞こえてきた他の宿泊客の声だったようだ。女性が英語で何かまくし立て、けたたましい笑い声を上げている。

「何時だろ……」

ずいぶん長い間眠っていたような気がするが、時計を見ると、椋代が出かけてから一時間ほどしか経っていなかった。椋代もそろそろ戻ってくる頃だ。

喉の渇《かわ》きを覚え、真子人は室内の冷蔵庫を覗き込んだ。ミネラルウォーターのペットボトルを取り出すが、パッケージに泡が描かれていることに気づく。

（ん？　これってスパークリングウォーターか。俺、炭酸入ってるのだめなんだよなあ）

冷蔵庫の中に、普通の水は見当たらない。日本ならば迷わず水道の水を飲むのだが、海外で生水を飲むのは躊躇《ためら》われる。

「あ、そーだ。エレベーターホールの横に自販機あったな」

同じフロアなら、外出のうちに入らないだろう。小銭入れの中を確かめ、素足にスニーカーを突っかけて廊下に出る。

「――――あ！」

重たいドアがばたんと閉まったところで、カードキーを持っていないことに気づく。

（しまったあ！　オートロックだった！）

普段オートロックとは縁がないので、すっかり忘れていた。ホテル宿泊初心者にありがちな失敗だ。

「うああ……どーしよ」

締め出しを食らってしまい、真子人は狼狽えた。

さっそく迂闊《うかつ》なミスをやらかしてしまった自分が、情けなくて腹立たしい。

「んもー……ほんっとに俺ってば……」

いつも子供扱いされて悔しいから、今回の旅では絶対に椋代の手を煩《わずら》わせないようにしようと心に誓っていたのに。

頭を抱えて、ドアの前にずるずるとしゃがみ込む。フロントに行って鍵を開けてもらえばいいのだろうが、英語でそれを伝える自信がない。

「……とりあえず水買いに行こう」

よろよろと立ち上がり、真子人はエレベーターホールへ向かった。そこで待っていれば、そのうち椋代も戻ってくるだろう。

自販機でミネラルウォーターを買って一気に飲み干すと、少し気持ちが落ち着いてきた。

ちょうどエレベーターがやってきて、老夫婦が楽しげに談笑しながら降りてくる。

「ハイ」

目が合ってにっこりと笑いかけられて、真子人も笑顔で挨拶を返す。

男性のほうが「乗るか？」というようなことを言って、エレベーターの扉を押さえてくれた。

「あ、えっと……」

乗らないです、と断ろうとするが、老人の笑顔につられるようにして真子人の口から飛び出したのは「サンキュー」という言葉だった。

煌びやかな箱に乗り込んでから「しまった」と思ったがもう遅い。

（……エレベーターに乗ってちょっと一階に降りるくらいならいいよな？）

確かフロントの傍にギフトショップがあった。お土産の下見をして、椋代に見つからないうちに戻ればいい。

Tシャツにルーズパンツという部屋着スタイルだが、宿泊客もほとんどがジーンズやスニーカーというラフな格好なので構わないだろう。

一階に降り立ち、おそるおそるエレベーターホールの周囲を見回す。間違えてカジノに入らないように注意しなくてはならない。

（あ、温室がある）

カジノとは逆方向に、天窓から燦々《さんさん》と光が差し込む巨大な温室があった。

（おお、すげえ〜）

無料で入れるのを確認し、色とりどりの花が咲き乱れる温室へ足を踏み入れる。数人の観光客が、デジタルカメラで記念撮影をしていた。

（これ、本物かなあ？　作り物みたいにも見えるけど……）

巨大な赤い花に見入っていると、ふと誰かが近づいてくるのを感じた。花を見に来たのだろうと思い、場所を譲《ゆず》ろうと数歩横へ動く。

するとその人物も、真子人と同じように横へ動いた。

「……？」

花を見に来たにしては、不自然に間合いを詰めてくる。ちらっと横を見ると、恰幅《かっぷく》のいい白人の中年男性と目が合った。

挨拶をしようと口を開きかけるが、男の粘《ねば》ついた視線に表情が固まってしまう。

男がにやりと笑い、挨拶抜きに何か話しかけてきた。

「え？　えっと……ソーリー、アイ・キャント・スピーク・イングリッシュ」

棒読みの英語で答えると、男は真子人を見下ろして温室の奥にあるカフェを指さした。先ほどのセリフを、子供に言い聞かせるように一語一語区切ってゆっくり言い直す。

（え？　もしかしてあそこのカフェに行こうって言ってるのか……？）

真子人の乏《とぼ》しい英語力でも、どうやら彼が一緒にコーヒーでもどうかと言っているらしいことがわかった。なぜ見ず知らずの人に誘われるのか理解できなくて、目を白黒させる。

「え……っと……」

咄嗟《とっさ》に断りの文句が出てこなくて、真子人は目を泳がせた。

男が馴れ馴れしく体を寄せてくる。酒臭い息が頬にかかり、反射的に後ずさる。

しかし男は構わず距離を詰めてきて、真子人の顔を見つめて感嘆《かんたん》したように何か呟いた。

（……ええっ⁉　も、もしかしてナンパ⁉）

cute《キュート》とかlovely《ラブリー》という単語が聞き取れて、ようやく真子人は自分がナンパされているらしいことに気づいた。これが日本なら声をかけられた時点で警戒するのだが、言葉がわからないので気づくのが遅れてしまった。

（冗談じゃねえぞ……っ）

唇をへの字に結んで、真子人は男の横をすり抜けた。

男にナンパされたのは初めてではない。いつもなら悪態《あくたい》の一つもつくのだが、英語が話せないので無言で立ち去るしかない。

男が何か言いながら、真子人の腕を掴む。

「は、放せよ……っ」

腕を振りながら、周囲に聞こえないように小声で男に訴《うった》える。大声を出して注目を浴びることは避《さ》けたい。

（警備員さんとかいないのか？）

辺りを見回すが、いつの間にか観光客のグループはいなくなっており、温室には他に誰もいなかった。男も、人目がなくなったから大胆な行動に出たのだろう。

とにかく、ここでトラブルを起こしてはならない。

脳裏に椋代の不機嫌な表情が浮かぶ。

騒ぎを起こしたら、きっと叱《しか》られる――。

「――真子人！」

突然名前を呼ばれ、真子人はびくっと首を竦めた。

……この声は、まさに今脳裏に浮かべていた男の声だ。

振り返ると、花壇《かだん》の向こう側から椋代が鬼《おに》のような形相《ぎょうそう》で大股《おおまた》で近づいてくる。

「椋代さん……っ」

自分でもびっくりするような情けない声が出てしまった。

椋代の迫力に圧倒されたのか、男が真子人の腕を放す。

『この子になんの用だ』

椋代が、男を見下ろして何やら詰問《きつもん》する。

『退屈そうにしてたから、ちょっと声をかけただけだ』

男が大袈裟《おおげさ》に肩を竦め、何やら言い訳めいたセリフを口にしながら後ずさる。

『腕を掴んでただろう』

『へっ、こんな可愛い子ちゃんを一人にしておくほうが悪いのさ。おまえの大事なハニーか？

だったら首輪でもつけときな』

『なんだと？』

口論が始まり、真子人は慌てて二人の間に割って入った。

「椋代さん、やめて！　もういいから……っ」

『はは、本当に可愛いな。こういう綺麗な東洋人の男の子を欲しがっている金持ちはいくらでもいる。まとまった金が欲しけりゃ相談に乗るぞ』

『失せろ！』

突然椋代が怒鳴《どな》ったので、真子人は驚いて椋代の横顔を見上げた。

椋代がこんなに激高《げっこう》するのを見たのは初めてだった。男が何を言ったのかさっぱりわからないが、どうやら椋代の逆鱗《げきりん》に触れたらしい。

『いらなくなったらいつでも引き取るぜ！』

男が尚《なお》も喚《わめ》きながら温室から出て行く。だいぶ酔っているらしく、足取りが覚束《おぼつか》ない。

ようやく視界から男の姿が消えて、真子人はほっとして胸を撫で下ろした。

「……勝手に部屋を出るなと言っただろう！」

押し殺した低い声が頭上から降ってきて、首を竦める。

「ごめん、これにはちょっと事情があって……」

慌てて言い繕《つくろ》おうとするが、椋代にぴしゃりと遮られる。

「事情もくそもあるか！　俺が来なかったらどうなってたと思うんだ！」

椋代の叱責《しっせき》に、真子人はびくりと震えた。いつもなら威勢《いせい》よく言い返すところだが、椋代の迫力に気圧《けお》されて息を呑む。

(うわ、椋代さんを本気で怒らせちまった。俺の馬鹿馬鹿……っ！)

カードキーを忘れてしまったこと、ついついエレベーターに乗ってしまったことを後悔する。

部屋を閉め出されたとしても、ドアの前で待っていればよかったのだ。ふらふらしていたから、妙な男に絡まれてしまった。

(これじゃあ子供扱いされても仕方ないよな……)

悄然《しょうぜん》と項垂れて、ぎゅっと目を閉じる。

今回の旅行では、絶対に椋代の手を煩わせないようにしようと思っていたのに……。

「……っ」

ふいにくしゃっと髪を撫でられて、真子人は驚いて顔を上げた。

椋代と目が合うが、ふっと視線を逸らされてしまう。

「……心配させるな。部屋に戻ったらもぬけの殻《から》で、心臓が止まるかと思った」

「……えっ?」

心臓が止まるかと思った、などと言われて、胸がどきりとする。

心配をかけたであろうことはわかっていたが、何事にも動じなさそうな椋代がそんなことを言うとは思わなかった。

頬がじんわりと熱くなるのを感じる。

慌てて、椋代に乱された髪を手櫛《てぐし》で直すふりをして俯く。

椋代のセリフに、なぜか胸が高鳴ってしまう――。

「由多佳さんから預かった責任があるからな。おまえにもしものことがあったら、坊ちゃんに

も申し訳が立たない」

（……なんだ、そういうことか）

少々拍子抜《ひょうしぬ》けしたような気持ちで、真子人は直した髪をくしゃくしゃと掻き上げた。

自分はいったい何を期待していたのだろう……椋代は、単に保護者として心配してくれているだけなのに。

「ほら、部屋に戻るぞ」

「あ、うん」

背中を向けた椋代に、慌てて追いつく。

（そういや椋代さん、用事は終わったのかな）

エレベーターで二人きりになるが、椋代は押し黙ったままだ。とてもこちらから何か訊けるような雰囲気ではない。

気まずい空気に包まれて、エレベーターが最上階に到着する。

「……今夜の予定は変更だ。俺は出かけなきゃならなくなった。ルームサービス取ってやるから、おまえはここで留守番してろ」

部屋に戻ってシャツの袖口《そでぐち》のボタンを外しながら、椋代が硬い声で切り出した。

「えええーっ⁉」

思わず不満の声を上げるが、椋代にぎろりと睨まれてぐっと言葉を呑み込む。

「とにかく、部屋から一歩も出るな。必要なものがあれば買ってきてやる」

「そんな……せっかくラスベガスに来たのに……」

真子人の呟きを無視して、椋代はベッドルームに向かった。

やらかしてしまった身としては、これ以上反論などできそうにない。

「……何時に帰ってくるの？」

ベッドルームのドアにもたれながら、真子人は椋代の背中に問いかけた。

「わからん。遅くなるかもしれねえから、おまえは先に寝てろ」

スーツケースの中からノートパソコンを取り出しながら、椋代がちらりと振り返る。

「椋代さんも部屋でご飯食べてから行く？」

「いや……」

椋代のつれない返事に、真子人はがっくりと肩を落とした。夜景を眺めながら部屋で優雅に食事というのも悪くはないが、一人では味気ない。

「わかったー……」

ため息交じりに頷いて、真子人は踵を返した。リビングのソファに倒れ込み、仰向けに寝転がって窓の外を見上げる。

「おい、そんなところでうたた寝してると風邪引くぞ」

ノートパソコンを手にした椋代が、真子人が寝転がったソファの向かいに座る。

「寝てない。ちょっと休んでるだけ！」

自棄《やけ》気味に返事をして、真子人は寝返りを打って椋代に背を向けた。

(ちぇ。なんだよ……カリフォルニア料理、楽しみにしてたのに。ドレスコードのあるお店でも大丈夫なように、ちゃんとした服も持ってきたのに)

椋代に約束を反故《ほご》にされたことは、思っていた以上にダメージが大きかった。

ぐったりとソファに沈み込み、目を閉じる。

空港では、椋代との旅が楽しくなりそうな予感があったのに……。

(俺ってほんと、肝心なところで余計なことしちゃうんだよなあ……)

椋代がパソコンのキーボードを叩く音を聞きながら、真子人はずぶずぶと自己嫌悪の波に呑まれていった。

＊＊＊

屈強なガードマンが、いささか過剰な装飾の施された扉を恭しく開ける。

大音量の音楽と光の渦《うず》に出迎えられ、椋代は軽く眉をひそめた。ラスベガスでも一、二を争う巨大クラブとあって、薄暗いフロアは着飾った男女でごった返している。

こういった場所は初めてではないが、だだっ広い店内と客の多さに少々げんなりする。この中から目的の人物を探し出すのは、簡単にはいかなさそうだ。

（……いや、人が多いほうが都合がいいか。あっちは俺の顔を知っている可能性もあるしな）

太い黒縁の伊達《だて》眼鏡をぐいと押し上げる。ここに来る前に、普通だったら絶対に買わないような趣味の悪いネクタイとともにショッピングモールで買ったものだ。変装というほど大袈裟なものでもないが、眼鏡とネクタイだけで印象はずいぶんと変わる。

人混みをすり抜けながら、椋代は注意深く客の顔を観察した。

後ろ暗いことをやっている人間は、顔つきや挙動でだいたいわかる。本人は意識していなくても、こそこそ辺りを窺うような気配を漂わせているものだ。

フロアを埋め尽くしているのは、ほとんどが観光客のようだった。年齢層が高いのは、若者が来るには少々敷居《しきい》が高い高級店だからだろう。手を繋《つな》いで踊る年配のカップルの屈託《くったく》のない笑顔を横目に、カウンターでビールを注文する。

慣れた仕草でドリンク代とチップを置いて、椋代は腕時計に目をやった。

（十一時か。あいつはもう寝たかな）

――夕方、真子人のためにルームサービスを注文し、料理が運ばれてくるのを見届けてから部屋を出た。

『いいか、誰か尋ねてきても絶対にドアを開けるなよ。何かあったらすぐに俺の携帯に電話しろ』

『わかってるよ……』

勝手に部屋を出たことを厳しく叱ったせいか、真子人はいつになくしょんぼりとしていた。

（ちょっと苛《いじ》めすぎちまったか……）

温室での件にかっとなり、お仕置きの意味も込めて約束を反故にした。

『椋代さんも部屋でご飯食べてから行く？』

そう尋ねてきたときの真子人の表情を思い出し、苦い思いが込み上げる。

一緒に食事をするくらいの時間は充分あったのだが、椋代は早めに部屋を出てホテルの周辺を下見することにした。勇一が集めてくれた情報によると、佐藤と名乗る男はよくカジノにも出入りしているらしい。このホテルだけでなく近隣のホテルのカジノまで足を伸ばし、バーやカフェも何軒かはしごした。

こういう場合、二十一歳以下の真子人が一緒だと行動が制限されてしまう。

それに……真子人を今回の仕事に巻き込みたくない。

（あいつは目立つから、連れ歩くときには注意しねえとな……）

日本でも一緒に食事に行ったりすると、若い女性――時には男性からも熱い視線を送られているが、こちらに来てからより顕著《けんちょ》になった気がする。

美形であることに加えて、東洋人だからだろうか。

（いや……東洋人が珍しいわけでもあるまいし）

百七十五センチのすらりとした肢体は、日本人の中にいるときはさほど目立たないが、体格のいい外国人の中で見ると妙にエロティックだ。白人の白さとは違う象牙色《ぞうげいろ》の滑らかな肌も、いつも以上に艶《なまめ》かしく見える。

ふと、ドーナツショップで向かいに座っていた真子人の姿が脳裏に浮かぶ。

あのときも、隣の席の若い男が真子人にねっとりとまとわりつくような視線を投げかけていた。当の真子人はまったく気づくことなく無邪気《むじゃき》にドーナツを頬張《ほおば》っていたが、少しは周囲にどう見られているのか自覚しろと言いたくなる。

容姿だけではなく、表情や仕草、素直で明るい性格――真子人には人を惹《ひ》きつける魅力があることは、椋代も認めざるを得ない。

(無鉄砲で自信家でやかましいが、まあそういうところもあいつの魅力の一部なのかもしれんな)

初めて会ったときも、椋代の威圧に怖じ気づくことなくまっすぐ睨み返してきた。

兄の由多佳と顔立ちは似ているのに、性格はまるで違う。おっとりしていて優しく、意外と芯《しん》は強い由多佳に比べ、真子人はまだまだ子供っぽい。それなのに、時折はっとするような表情を見せることがあり、男には興味のないはずの椋代でさえ魅入《みい》られそうになる。

(あの無自覚な色気が男をそそってるのか……?)

本人が自覚していないというのが厄介《やっかい》だ。あれでは、惑わされる男がいても仕方ない

――――。

前方に日本人らしい男女のグループを発見し、椋代は我に返った。真子人の残像を頭から振り払い、カウンターを離れてさりげなく近づく。

佐藤と名乗る男は、日本人の観光客にも声をかけているかもしれない。海外に来て気が緩んだ若者の中には、好奇心からドラッグに手を出す者もいる。

そう思ってしばらくの間遠巻きにグループを観察するが、それらしい男の接触はなかった。

ビールを飲み干し、フロアの奥へ移動する。

奥は予約をしないと座れないテーブル席になっており、既に満席だった。テーブル席の客を観察しながら、傍《そば》のカウンターで二杯目のドリンクを注文する。

マティーニのグラスを受け取ってカウンターを離れようとすると、ふと誰かの視線が注がれているのを感じた。振り返ると、プラチナブロンドの若い男がカウンターに肘をついて椋代をじっと見つめている。

『ハイ』

目が合うと、青年がにっこりと笑った。ごく自然に椋代の傍に近寄ってくる。

『一人？』

『ああ……いや、待ち合わせをしているんだが、相手が見つからなくて』

『ふうん、そうなんだ。待ち合わせの相手は恋人？』

上目遣いで椋代を見上げて、青年が探りを入れてきた。

一瞬ドラッグの売人かと思ったが、その青い瞳が媚態《びたい》を含んでいることに気づき……椋代は僅《わず》かに眉根を寄せた。

黒縁眼鏡に趣味の悪いネクタイで偽装していても、青年は椋代のフェロモンを嗅《か》ぎ当てたらしい。青い目が、ワイシャツの下の厚い胸板を舐めるように検分している。

(素人じゃなさそうだな)

整った華やかな顔立ち、手入れの行き届いた長い髪、白い光沢のあるシャツに、レザーのパンツ。シャツのボタンをいくつか外してはだけた胸元から、細身ながら鍛えた体つきが窺える。

それだけなら単なる遊び人といったところだが、青年の発する空気はどことなく玄人《くろうと》っぽさを漂わせていた。

(芸能人か？　それとも男娼《だんしょう》……？)

ラスベガスにはハリウッドから芸能関係者がよく遊びに来る。椋代が知らないだけで、俳優かモデルなのかもしれない。

いずれにせよ、ラスベガスの事情に通じていそうな雰囲気だ。適当に相槌を打って切り上げるつもりだったが、椋代は少し探りを入れてみることにした。

『……だといいんだが、残念ながら仕事仲間なんだ。君は一人？』

『そう。せっかくのオフなのに、ひとりぼっち』

カクテルを飲みながら、男が流し目を寄越す。

『君みたいな魅力的な人が一人だなんて信じられないな』

身を乗り出して、小声で囁《ささや》く。

思わせぶりなセリフを口にすると、彼のガードが一気に緩むのがわかった。

『アンディだよ』

『ジョシュだ。ロスから商談に来たんだ』

差し出された手を軽く握り返して、椋代はこちらでよく使う名前を口にした。

こちらに住んでいたとき、義彦という名前はなかなか覚えてもらえないので〝Yoshi〟と名乗っていたのだが、それもしょっちゅう〝Josh〟と間違えられて、面倒になってそのままジョシュで通していたのだ。

ロスには日系人が多いので、アンディもすんなり信じたようだった。

『俺もここに来る前に少しロスにいたことあるよ』

『ラスベガスは長いのかい？』

『そうだな……一年くらいかな』

他愛のない話をしつつ、椋代は佐藤の件をどうやって切り出そうかと策を練った。

『一年もいればすっかりラスベガス通だろう……ああ、失礼。商談の相手が来たようだ』

アンディの肩越しに視線をやって、グラスをカウンターに置く。

二、三歩歩きかけたところで、わざとらしく肩を竦めて踵を返す。
『どうしたの？』

『人違いだった。よく似ているように見えたんだが』

アンディの隣に戻り、椋代はため息をつきながら携帯電話を取り出した。

『困ったな……連絡もつかないし。実は今日初めて会う相手で、写真でしか顔を見たことがないんだ』

『行き違いになってるのかもね。一緒に探そうか？』

『ありがとう、助かるよ』

思いどおりのセリフを引き出すことに成功し、椋代は内心ほくそ笑んだ。

（さて、こちらの手の内をどの程度まで見せるべきか）

クラブの常連客がドラッグの売人と繋がっている可能性もなくはない。しかしアンディからはドラッグ常習者のような不健康さは感じられなかった。

いずれにしても短期で決着をつけなくてはならないのだから、ある程度のリスクは覚悟せねばなるまい。

『この人なんだが……』

勇一が隠し撮りした中から、一番自然な感じで写っている画像を見せる。

『あ、この人知ってる』

あっさりと、アンディが口にする。

『ここのカジノの常連だね。昨日もロビーで見かけた』

画像を覗き込むアンディを、椋代は注意深く観察した。演技をしているようには見えない。

『……知り合いか？』

『いや、そうじゃないけど、このホテルでよく見る顔だから。ずっとここにいると、常連の顔はだいたい覚えちゃうからね』

『そうか……じゃあカジノに移動したほうがいいかな』

『そうだね。つき合うよ』

『ああ、頼む』

ホテル内のことに詳しい相棒がいたほうが何かと都合がいいだろう。そう考えて、椋代もアンディに親しげな態度で答えた。

カウンターを離れると、アンディがごく自然に椋代に体を寄せてくる。

（真子人に見られたら面倒なことになりそうだな）

こちらに来てから椋代がやたらもてると言ってむくれていた顔を思い出し、喉の奥から笑いが込み上げてくる。

『どうかした？』

『いや……なんでもない』

思い出し笑いを噛み殺しながら、椋代はアンディと連れ立ってナイトクラブを後にした。

＊＊＊

――眠れない。

広いベッドの端で寝返りを打ち、真子人はがばっと起き上がった。

枕元の時計を見ると、午前一時。カーテンを開けっ放しにしているので、外の明かりが部屋に差し込んでいる。

眠らない街、ラスベガスは、深夜もネオンを瞬かせていた。ベッドから下りて窓に近づき、色とりどりの光の渦をしばし眺める。

(椋代さん、こんな時間までどこに行ってるんだろ……)

カジノは二十四時間営業だし、バーやナイトクラブもだいたい明け方まで営業している。仕事だと言っていたが、ついでに二十一歳未満は入れない場所で遊んでいるのかもしれない。

お子様は立ち入り禁止とばかりに華やかに輝く夜の歓楽街を見下ろして、真子人ははあっと大きなため息をついた。

――椋代が出かけた後、スイートルームのゴージャスな室内をデジタルカメラで撮影したり、広々したバスルームでいつもより念入りに髪や肌の手入れをしたりと、それなりに高級ホテルでの滞在を満喫《まんきつ》した。

しかし一人で部屋に取り残されたことに変わりはない。テレビを見ても英語がわからないので面白くないし、ガイドブックを読むくらいしかすることがなくて、十一時には早々にベッドに潜り込んだ。

しかし一時間ほどうとうとしただけで、目が冴《さ》えてしまった。

(仕事って……今の会社の仕事なのかな。それとも組のときの……?)

以前、焼肉を食べに行ったときに椋代にかかってきた電話を思い出す。

巨額の金が動くラスベガスは、マフィアとは切っても切れない関係だと言われている。ヤクザからは足を洗ったと言っていたが、何か面倒なことに巻き込まれているのではないか。

椋代が深夜になっても帰ってこないので、真子人はだんだん心配になってきた。

(なんだよ、俺には散々心配させるなって言うくせに、自分もこんなに心配させやがって)

枕元の携帯電話を掴み、椋代の番号を画面に呼び出し……しかし発信ボタンを押すのを躊躇う。

「……っ!」

ふいに部屋のドアが開く音がして、真子人はびくっと体を震わせた。

(帰ってきた!)

慌てて携帯電話を握り締めたままベッドに潜り込む。

起きて待っていたとは思われたくなくて、目を閉じて寝ているふりをする。

（だってなんか……椋代さんが帰ってくるの待ち構えてたって思われたくねーし）

子供の頃、一人で留守番をすることが多かった真子人は、兄や母が帰宅すると仔犬《こいぬ》のように喜んでまとわりついたものだ。大人になり、自分ではそういう部分は影を潜めたと思っていたのだが、今でも気が緩むと家庭教師のアルバイトから帰宅した兄にまとわりついてしまう。

（外国で、他に知り合いがいないからとはいえ、椋代さんにまとわりつくわけにはいかねーし）

ドアが閉まり、椋代がリビングに入ってくる気配がする。ベッドルームのドアは開けっ放しだったので、薄目を明けるとリビングの窓から差し込むネオンの光が、長身のシルエットを浮かび上がらせていた。

椋代が、明かりをつけずに腕時計を外し、テーブルにそっと置く。

真子人を起こさないようにと気を遣ってくれているのだろう。

ネクタイを緩めながら椋代がベッドルームに入ってきたので、真子人は慌ててぎゅっと目を閉じた。

ワイシャツからネクタイを引き抜く音が聞こえる。絹《きぬ》のネクタイが擦れる音は、静かな室内にやけに大きく響いた。かちゃかちゃとベルトを外す音がして、ズボンからワイシャツの裾《すそ》を引っ張り出しているのであろう音がそれに続く。

目を閉じているせいか、椋代が服を脱ぐ音が妙に生々しく耳に迫ってくる。

落ち着かない気分で、真子人はベッドの中で体を硬くした。

(そういえば……椋代さんの裸って見たことないな)

――――それはちょっとした好奇心だった。

薄目を開けて椋代がこちらに背中を向けていることを確認し、真子人はそっとブランケットをずらして椋代を見上げた。

椋代が、ばさっと音を立ててワイシャツを脱ぐ。

「……っ!」

大きな背中一面に、色鮮やかな刺青が広がっていた。

息を呑んで、真子人はその大胆な構図に見入った。

昇《のぼ》り龍――――龍昇会の名のとおりの天に昇ろうとする青い龍が、背中の逞しい筋肉と一体になって薄闇の中で妖《あや》しく蠢《うごめ》いている。

(……すごい……綺麗……)

刺青なんて勇太の体で見慣れているはずなのに、目が離せなかった。ネオンの明かりに浮かび上がる龍を、瞬《まばた》きもせずに見つめる。

真子人に凝視されているとも知らず、椋代はズボンを脱いで下着一枚の姿になった。

(う、うわ……)

刺青に気を取られていたが、初めて目にした椋代の裸体にどぎまぎする。

がっちりとした肩や上腕、引き締まった腰、ぴったりした黒いボクサーブリーフに包まれた形のいい臀部《でんぶ》。服の上からでも均整の取れた体つきであることは窺い知れたが、剥き出しの肌からは、成熟した牡《おす》の色気が濃厚に漂っていて……。

首筋が、ぞくりとする。

寒気のような、全身の肌が総毛立つような妙な感覚に襲われ、真子人はびくりと体を震わせた。

嗅《か》ぎ慣れたはずの椋代のコロンの香りに、男っぽい体臭が仄《ほの》かに交じり、鼻腔《びこう》をくすぐる。

それはひどく官能的な香りで……真子人には少々刺激が強すぎた。

（……うっ）

ふいに鼻がむずむずして、ブランケットの下で体を丸める。

しかし堪える暇もなく、大きなくしゃみが出てしまう。

「へ、へっくしょん！」

椋代が、はっとしたように肩越しに振り返った。

「……起きてたのか」

背中の彫り物を隠すように、ゆっくりとこちらに向き直る。

「い、今目が覚めた……っ」

慌てて、真子人はブランケットを引っ張り上げて目を逸らした。

しかし椋代の逞しい胸板がばっちりと網膜に焼きついてしまい……かあっと頬が熱くなってしまう。

(な、なっ、男の裸見て赤くなるとか、変に思われるだろーが!)

ブランケットの端をぎゅっと握り締め、寝返りを打つ。いつの間にか、背中がじっとりと汗ばんでいた。

椋代がどんな表情をしているのかわからないが、刺青を見てしまったことについて何か言われるだろうか……。

「……起こして悪かったな」

「っ!」

くしゃっと髪を撫でられて、真子人はびくびくと首を竦めた。

咎《とが》められるかと思ったが、椋代の手はすっと離れてゆく。

「…………?」

目を開けると、椋代は背を向けてベッドルームから出て行くところだった。

やがてバスルームから、微かにシャワーの水音が聞こえてくる。

まだどきどきしている心臓を押さえながら、真子人はごろりと仰向けになって天井を見つめた。

(なんなんだよ、もう……。刺青見たくらいで動揺するなって)

椋代が龍昇会の若頭だったことは重々承知しているし、刺青があったからといって今更驚くことでもない。

……いや、動揺したのは刺青に対してではない。刺青には見とれてしまっただけだ。

真子人を動揺させたのは、成熟した牡の肉体と、噎《む》せ返るようなフェロモン――。

目を閉じても、椋代の逞しい体が瞼《まぶた》の裏にちらついてしまう。

「あーっ！　もう！」

がばっと起き上がり、残像を振り払うように首を激しく左右に振る。

(早く寝ないと、椋代さんが風呂から上がってくる……っ)

またあの裸を目にしたら、本格的に眠れなくなりそうだ。

シャワーの音を聞きながら……真子人は落ち着かない気分で再びブランケットの端を握り締めた。

＊＊＊

みっしりとした筋肉を覆うなめし革のような肌の上を、熱い湯が勢いよく流れてゆく。

広い背中から上腕にかけて彫り込まれた鮮やかな龍が、椋代の動きに合わせて濡れた肌の上で密《ひそ》やかに息づく。

シャワーのコックを捻《ひね》り、椋代は湯を止めた。無造作にバスローブを羽織って、髪から滴《したた》る雫《しずく》をがしがしとタオルで拭き取る。

バスルームのドアを開けると、カーテンを開け放したままの窓からまばゆいネオンの明かりが差し込んで室内を照らし出していた。明かりを消したまま、冷蔵庫からスパークリングウォーターのペットボトルを取り出してキャップを開ける。

窓辺に立って夜景を眺めながら、椋代は今夜の仕事について考えを巡らせた。

――アンディとともにカジノへ赴《おもむ》いたが、成果は得られなかった。

ポーカーに興じるふりをしながら、さりげなく辺りに注意していたのだが……佐藤と名乗る男は見つからず、午前三時の時点で捜索を一旦切り上げることにした。

(三泊五日の旅行のついでに始末がつけられるような件じゃなさそうだしな)

大体の見当はついたし、真子人の観光旅行をこれ以上犠牲《ぎせい》にするのも可哀想だ。佐藤の件は後日改めて単身で渡米することにして、椋代は今回はこれ以上深追いしないことに決めた。帰り際、アンディからあからさまな誘いを受けたが、人混みに紛れてはぐれたふりをして撒いてきた。気を持たせるような真似をして悪かったと思うが、もう会うこともないだろうし、彼ならいくらでも一夜の恋の相手が見つかるだろう。

Tシャツとズボンを身につけ、そっとベッドルームのドアを開ける。

薄闇の中、キングサイズのベッドの隅っこで膝を抱えるようにして丸まって眠る真子人を見下ろしながら……椋代はため息を一つついた。

（……まいったな）

――――先ほど、シャワーを浴びる前に、真子人に背中を見られてしまった。

てっきり寝ているものだと思って油断してしまった。真子人がどんな表情をしていたのかはわからなかったが、ひどく動揺した様子だったのは確かだ。

（……怖がらせちまったか）

真子人が普段自分のことを怖れる様子がないのでついつい忘れてしまいそうになるが、改めて自分がヤクザ者で、真子人はごく普通の、裏の世界とはまったく関わりのない若者だということを噛み締める。

（何度も勇太と一緒に風呂に入ってるんだから、初めて刺青を見たわけじゃあるまいに）

苦々しい思いで、くしゃっと髪を掻き上げる。

……いや、わかっている。勇太のそれは若気の至りで済むが、組の幹部まで上り詰めた自分が背負っているものは、重みが違う。

これを背負っていることを後悔はしていない。裏社会に生きる覚悟を決めて、その証として刻みつけた。

しかし……真子人には見られたくなかった。

（他人に見られたくないと思ったのは初めてだな）

真子人を起こさないようにそっとベッドの端に掛け、起きているときよりも幾分あどけない寝顔を見下ろす。

部屋がもぬけの殻だったときの狼狽を思い出し、椋代は苦笑した。この自分が、真子人が見当たらないくらいであんなに取り乱すとは思わなかった。

――もう認めざるを得ない。

いつからこの生意気な仔猫に惹かれてしまったのだろう。

最初は、騒がしくて世間知らずの、そこら辺にいくらでもいるような脳天気なガキだと思っていた。

地塩の恋人の弟なので仕方なく面倒を見ていたのだが、いつの間にか真子人の見せる表情や言動から目が離せなくなった。

素直で明るくて、一緒にいると退屈しない。

(俺も坊ちゃんに感化されちまったのか?)

苦笑しながら、真子人の滑らかな頬に手を伸ばす。

しかし指先が白い頬に触れる寸前で、思いとどまる。

自分は地塩のように、自分の気持ちに正直にはなれない。

いっそ地塩のように、相手の気持ちなどお構いなしに強引に行動できたら……。

(……俺はそういう柄じゃねえし)

――もうじき三十三歳になる。若さの勢いで突っ走る時期はとうに過ぎた。たとえ若かったとしても、自分には背負っているものがあり、恋愛に関しては常識と理性に囚われているので無理だろう。

真子人はまだ若い。そのうちふさわしい相手が現れる。

自分はそれを見守るしかないのだ――。

再び大きなため息をつき、立ち上がる。

（……ったく、いい気なもんだ。ぐーすか眠りこけやがって）

仰向けに横たわり、天井を見上げる。

真子人の可愛らしい寝息を聞きながら、椋代はそっと目を閉じた。

＊＊＊

――温かくて気持ちいい。

何か楽しい夢を見ていたような気がする。思い出そうとするが、夢の記憶はぼんやりとした幸福感だけを残して手のひらからさらさらと流れてゆく。

（……こういうときの二度寝って最高……）

夢と現実の狭間《はざま》をうとうとと漂いながら、真子人はお気に入りの抱き枕にしがみついた。

「おい」

「………」

枕がしゃべったような気がするが、気のせいだろう。

（この声、嫌いじゃない……）

低くて穏やかで、ほんの少し甘さもある。その声をもっと聞きたくて、真子人は枕に頬をすり寄せた。

（ん……なんか熱くて硬い……？）

低反発ウレタン製の抱き枕が、いつもよりがっちりしているのはどういうことだろう。これも夢の続きなのだろうか……。

その熱と触り心地が気持ちよくて、真子人は抱き枕に脚を絡ませた。

（あ……朝勃《あさだ》ちしてる）

真子人のペニスは、朝の生理現象で硬くなっていた。

いつものことだ。目を閉じたまま、真子人は無意識に股間《こかん》を枕に押しつけた。

「……おい」

「……んー……」

股間を押しつけた部分がやけに気持ちいい。それに……また声が聞こえたような気がする。

「真子人」

「っ⁉」

苛立《いらだ》ったような声で名前を呼ばれ、真子人はぱちっと目を開けた。

――目に飛び込んできたのは、浅黒い肌。

筋肉質の逞しい上腕は、どう見ても男のもので……。

（――え⁉）

自分がどういう状況に置かれているのか理解できなくて、混乱する。

（えっ、ここどこ⁉　誰⁉）

男が着ているTシャツの袖口から鮮やかな刺青が覗いていることに気づき、真子人はぎくりとした。

夢うつつだった頭が、一気に覚醒《かくせい》する。

同時に、全身からどっと冷や汗が噴き出す。

「目え覚めたか」

椋代の声は、はっきりと険《けん》を含んでいた。

「……っ」

顔を上げると、ひどく機嫌の悪そうな椋代と間近で目が合う。

「ずいぶんと大胆だな。朝勃ちを押しつけてくるなんて」

「ええっ？　うわっ、ご、ごめん……っ」

無意識とはいえ、椋代の体にしがみついていた上に恥ずかしい部分まで密着させてしまった。かあっと体温が上がり、心臓が早鐘《はやがね》を打つ。

「溜まってんのか」

「ちが……っ、男だったら誰だってこうなるだろ……っ」

慌てて体を離そうとするが、指が食い込むほど強く腕を掴まれてしまう。

「それだけじゃねえだろ。おまえ、俺に擦りつけてたぞ。放っといたらそのまま……」

「うわあっ！　だから、ごめんってば！」

妙なことを言われそうになり、真子人は慌てて遮った。

椋代がふっと口元を緩め……いつもの、真子人をからかうときの表情になる。

「まったく、おまえは本当に…………無防備すぎる」

「……っ！」

呆れたような、それでいてひどく甘い声音に、真子人はびくびくと首を竦めた。

「うわ……っ、ちょ、ちょっと！」

一刻も早くバスルームへ逃げ込みたいのに、腕を掴まれて引き戻される。椋代に背後から抱きかかえられる格好でどさりとベッドに倒れ込み、真子人はじたばたともがいた。

「は、放せってば……っ！」

「自分から擦りつけてきてたじゃねーか」

「それは、寝ぼけてたから……っ」

項《うなじ》に椋代の吐息を感じて、背中がぞくりと粟立つ。

ただの朝勃ちが、それだけでは済まなくなりそうな気配に焦る。

「ここまで来たらついでだ。抜いてやるよ」

「ええっ⁉　な、何言ってんだよ！　こんなのおしっこしたら収まるから……うわあっ！」

とんでもないことを言われて目を剥いたのも束の間、パジャマ代わりのハーフパンツの上から膨《ふく》らんだ部分をぎゅっと掴まれて、真子人は叫び声を上げた。

「やめろ！　触るなっ、あ……っ」

咄嗟に内股《うちまた》を寄せるが、それがかえって椋代の手をしっかり挟み込む形になってしまい、慌てて脚を開く。

「積極的だな」

「ち、ちが……っ、ああっ」

言い返そうと口を開くが、大きな手にペニスを揉みしだかれて艶《つや》めいた喘《あえ》ぎ声が漏《も》れてしまう。

「だ、だめだって……頼むからやめて……っ」

下着の中で、先走りがじわっと漏れてしまったのがわかった。これ以上触られ続けているとまずいことになる。

「ひあ……っ、さ、触るな……っ！」

椋代の手が、下着を引きずり下ろす。ローライズのボクサーブリーフは頼りなくて、いとも簡単に脱がされてしまった。

ぷるんと飛び出したペニスが、椋代の大きな手のひらに包まれる。

剥き出しのそこを他人に触られたのは初めてで……恐怖感が込み上げる。

同時に、目の眩《くら》むような快感に襲われ……。

「い、嫌だ！」

「じっとしてろ」

「あっ、ん……っ」

取り繕う余裕もなく、真子人は荒い呼吸を繰り返した。

自分でするときとは全然違う。手のひらの硬い感触、性感を刺激する巧《たく》みな指先――。

「ん、んうう……」

椋代の手は、強引だが決して乱暴ではなかった。

怖い……けど、触られている部分が蕩《とろ》けそうなほど気持ちいい。

やめて欲しいのか、続けて欲しいのか、自分でもわからない。もはや真子人にできることは、妙な声が漏れないように自らの口を塞《ふさ》ぐことだけだった。

先端から溢れた先走りが椋代の手をしとどに濡らし、ぬちゃぬちゃと淫猥《いんわい》な音を響かせる。

（なんか……いつもより多い……っ）

自分でも驚くほど濡れていた。感じている証拠のようで、恥ずかしくてたまらない。

「あ……っ、だめ、で、出る……っ」

「出していいぞ」

椋代が、耳元で囁く。

その声に、体の芯《しん》がじんと大きく痺《しび》れた。

「……あああ……っ」

――先端から、精液が迸《ほとばし》る。

堪える暇もないくらい、唐突な射精だった。

こんなに気持ちのいい射精は初めてだ。椋代の手に包まれたまま、真子人のペニスは震えながら快感の余韻《よいん》を貪《むさぼ》った。

「あ……んん……」

（こ、腰が抜ける……）

他人の手でされるのが、こんなに感じるものだとは知らなかった。

東京に来てから、何度か電車で痴漢《ちかん》に触られたことがある。そのときは嫌悪感しか抱かなかったのに……。

「あっ、や、やだ……っ」

親指の腹で裏筋をなぞられて、真子人ははっと我に返ってもがいた。

「残りを絞り出すだけだ。じっとしてろ」

「……ん、んうう……っ」

椋代に竿《さお》を握られ、残滓《ざんし》を絞り取られる。自分でするときは後始末という感じで味気ない作業も、椋代に丁寧な手つきでされると、また新たな欲望が芽生《めば》えてしまいそうだった。

「あ……っ」

椋代の指が敏感な亀頭《きとう》に当たり、色っぽい声が出てしまう。

「おまえ……経験ないのか」

「ええっ？」

椋代のセリフに、真子人は目を見開いた。

真子人の項に顔を埋《うず》めるようにして、椋代が小さく笑う。

「意外だな。見てくれは結構遊んでそうなのに」

「な……っ、よ、余計なお世話だ！」

椋代の軽口に、真子人は真っ赤になって言い返した。言った後で、椋代の言葉を肯定したも同然だということに気づく。

「いかにも未経験って感じの反応だもんな。いくの早すぎだろ」

「う、うるさい……っ、ああんっ！」

椋代の大きな手の中で、真子人のペニスは再び頭をもたげていた。

さっきは朝勃ちがきっかけだったが、今度は違う。はっきりと、椋代の手に感じて反応している――。

「もうやめろって……あ、あ……っ」

口では抵抗しつつ、椋代の巧みな愛撫に体はずぶずぶと蕩けてゆく。

さっきよりも優しくまさぐられて、快感を知ったペニスが悦《よろこ》んで椋代の手に応える。

「ん……っ、椋代さん……っ」

熱い吐息を漏らしながら、真子人は無意識に椋代の手に自らの手を重ねた。

「……もっと気持ちいいことしてやる」

「……え？」

首筋で囁かれて、真子人は振り返ろうとした。

その前に椋代に抱き寄せられ、くるりと体を反転させられる。

（う、うわ……っ）

正面から向き合う形で抱き締められ、真子人はどぎまぎした。

頬が、Tシャツに覆われた逞しい胸板に密着している。

椋代の体温と鼓動が、よりいっそう官能を煽《あお》り立てる。

「……っ！」

ぐいと腰を抱き寄せられて、下腹部に押し当てられた硬いものにぎょっとする。

（ええっ⁉　こ、これ、椋代さんの……‼）

椋代の性器も、はち切れんばかりに勃起《ぼっき》していた。

押し当てられた感触から、その大きさと熱が生々しく伝わってくる。

「――――っ‼」

声にならない悲鳴を上げて、真子人は卑猥《ひわい》すぎる感触から逃れようともがいた。

しかしがっちりと脚で押さえ込まれていて、身動きできない。

「あ……っ」

ベッドに仰向けに押し倒され、両手首をシーツの上に押さえつけられる。

椋代の力はびっくりするほど強かった。それが怖くて、再びじたばたと暴れて抵抗する。

「い、嫌だ……っ！」

「暴れるな。痛えことはしねえよ」

そう言われても、恐怖感は拭《ぬぐ》えるものではない。

薄闇の中、時折ネオンの明かりを受けて椋代の鋭い双眸《そうぼう》が煌めく。普段から男くさいが、欲情している椋代は成熟した牡のフェロモンを濃厚に漂わせていた。

（な、なんでこんなことに……っ）

いったい何をされるのかと、真子人は目を閉じてびくびくと怯《おび》えた。

椋代が真子人の両手首を一つにまとめて縫い留め、空《あ》いたほうの手をTシャツの裾から潜り込ませる。

「ひあっ！　やっ、どこ触ってんだよ！」

平らな胸をまさぐられ、真子人は驚いて目を見開いた。

いつの間にか、乳首が硬く凝《しこ》っている。小さな肉粒が椋代のざらついた硬い手のひらに引っかかって、そこからむず痒《がゆ》いような妙な感覚が生まれ……。

「男でも乳首感じるんだな」

「ばっ、か、感じてねーよ！　変なとこ触るな！」

妙な疼《うず》きはじっとしていられないほど強烈で、真子人はじたばたと暴れた。

「感じてないならその過剰反応はなんなんだ」

椋代が、真子人の反応を確かめるように尖った乳頭を指の腹でぐりぐりと押し潰す。

「気持ち悪《わり》いからだよ！　男の胸なんか触んな変態！」

「ふうん……よっぽどここが感じるらしいな」

「感じてない！　なんでそーなるんだよ！」

むきになって言い返すと、椋代が口の端に意地の悪そうな笑みを浮かべた。

「……ったく、色気がねえな。さっきは可愛い声でよがってたのによ」

「……っ」

いつだったか、龍門邸の風呂場でも同じことを言われた。

あのときもむっとしたが、あのときよりも猛烈に腹が立ってきて……喘ぎ声が漏れないように歯を食いしばりながら椋代を睨みつける。

「色気のねーガキにこんなことしてんのは、どこのどいつだよ……っ」

ようやくいつもの自分を取り戻して、真子人は椋代の手を振り解いた。

抓《つね》られた乳首が、まだじんじん疼いている。下腹部に椋代の硬い勃起が当たって、すっかり高ぶっていた体に火をつける。

「あ、あんただってこんなになってんじゃん……」

欲情に潤《うる》んだ瞳で、真子人は腰を浮かせて椋代のそこをぐっと押し上げた。

布越しに触れたその質感に、背筋がびくっと震える。

「一丁前に煽りやがって……！」

椋代が低い唸り声を上げて。上体を起こして自身のズボンをずり下ろす。

「う、うわ……っ！」

硬く勃起したものを股間に押しつけられ、真子人は悲鳴を上げた。

ペニスが、直に触れ合っている。布越しでも充分刺激的だったのに、猛《たけ》った二つの性器を重ねる行為はあまりにも衝撃的で――。

「ひゃっ、なっ、何すんだ……っ！」

「おまえが煽ったんだろうが」

椋代が、ゆるゆると腰を動かして裏筋を擦り合わせる。

「あああ……っ」

その破廉恥《はれんち》きわまりない動きがもたらす快感に、真子人は内股をびくびくと震わせた。

一瞬失禁してしまったかと思うほど先走りが溢れ、股間を熱く濡らす。

「どうした、もう降参か」

「あ、あ……っ」

首筋に顔を埋めるようにして囁かれ、取り戻しかけていた理性が蕩けてゆく。

「や……っ、あ、あっ、ああっ」

「気持ちいいだろ……」

椋代の声が、いつもよりも掠《かす》れていた。椋代も感じていることが伝わってきて、それがペニスの摩擦《まさつ》以上に真子人を高ぶらせる。

「ん……っ、あ、もう出る……っ」

「出していいぞ」

「ああっ、あああ……っ」

椋代の官能的な声に煽られながら、真子人は二度目の精を迸らせた——。

4

「うわあ！　まじでピラミッド！　まじでスフィンクス！」

——翌日。

朝からストリップのテーマホテル巡りに出かけた真子人は、ラスベガス名所の一つであるピラミッド型のホテルを見上げて歓声を上げた。

ここラスベガスには、ニューヨークもパリもベネチアもぎゅっと詰め込まれている。自由の女神、エッフェル塔、ベニスの運河を眺め、ビルの合間を走り抜けるジェットコースターで絶叫し、真子人は観光気分を満喫している——とは言い難い。

楽しんではしゃいでいるふりをしながら、真子人の心は別のことに囚われていた。

「写真撮ってやる」

「あ……うん」

隣に立っていた椋代に声をかけられ、視線を前に向けたままデジタルカメラを突き出す。

別のこと——それは椋代のことだ。

今日の椋代は、初めて見るようなラフな格好をしていた。黒いVネックのシャツに、ダークグレーのパンツ。いつもはきっちり撫でつけている前髪を下ろし、薄い色つきのサングラスを掛けているので、なんだか別人のようだった。

服装はともかく、前髪を下ろしているのがどうにも今朝のことを思い起こさせて落ち着かない。

椋代がカメラを構え終わった頃を見計らって顔を上げ、ぎこちなくピースサインを出して視線を彷徨《さまよ》わせる。

「……おまえ、さっきから全部同じポーズじゃねーか」

「いーんだよ！　早く撮って！」

必死で作った笑顔が素に戻った瞬間、シャッター音が鳴った。

「あ、今のなし！　撮り直し！」

「いや、このほうがおまえらしい」

椋代がデジタルカメラの液晶を覗き込み、頷く。

「なんだよお……カメラ返して！」

二人でやり合っていると、傍にいた観光客の中年カップルがにこにこしながら何か話しかけてきた。椋代が英語で応じ、カメラを差し出す。

「ほら、一緒に撮ってくれるってよ」

「えっ、ええっ？」

ぐいと肩を掴まれて抱き寄せられ、真子人は目を白黒させた。

（うわ……っ）

肩に軽く手を置かれただけなのに、体温が急上昇してしまう。

今朝のあれこれが鮮明に甦り……かあっと頬が熱くなる。

（やべえ、俺今絶対顔赤くなってる……っ）

二人きりなら「触るな！」と拒否するところだが、人前で喧嘩をするわけにはいかない。カメラを構えた女性が朗《ほが》らかに「スマイル」と命令するので、真子人は仕方なく笑顔を作った。

（早く撮ってくれーっ！）

女性が「もっとこっちに寄って」とか「あら失敗だわ、撮り直し」的なことを言い出して、背中からどっと汗が噴き出す。

ようやく彼女が納得のいく出来の写真が撮れたようで、真子人はカメラを返してくれた女性に礼を言って、そそくさと椋代の手から逃れた。

赤くなった顔を見られたくない。きっとからかわれる――。

「ピラミッドの中、入ってみるか？」

「え？　ああ、うん」

予想に反して、椋代は真子人をからかったりはしなかった。

それどころか、なんだかいつもより優しい……ような気がする。

――今朝、ベッドの中で椋代と恥ずかしいことをしてしまった。

終わった後ついうとうとしてしまい、気づくと椋代はシャワーを浴びてバスルームから出てきたところだった。

バスローブ姿の椋代にどきりとして慌てて寝たふりをしたが、椋代にはお見通しだったようで……。

『二度寝すんな。今日は観光するんだろ。シャワー浴びてこい』

『………うん』

ぶっきらぼうな言い方だったが、あの行為について蒸し返されなかったことに、真子人はほっとした。

身支度をして一緒にホテル内のレストランへ朝食を摂りに行ったのだが、いつもよりやや口数が少ないことを除けば、椋代はごく普通の、何事もなかったような態度だった。

隣を歩く椋代を思いっきり意識しまくっている真子人にとって、それはありがたいことなのだが……同時に理不尽な思いも込み上げる。

(あああーっ！　気まずい思いしてるのって俺だけ!?　椋代さんにとってはああいうことって日常茶飯事《さはんじ》なのか!?)

今朝から真子人を懊悩《おうのう》させているのは、そのことだった。

あのような恥ずかしい行為は、真子人にとっては当然初めてで……思い出すと恥ずかしすぎて叫び出したくなる。

しかも快感で訳がわからなくなって、自分から挑発するようなことをしてしまった。

（うう、なんであんなことしちゃったんだろ……）

勃起したものを自ら椋代のそこに押し当てるなんて、どうかしていたとしか思えない。

今もまだ、椋代の顔がまともに見られない。

椋代に何か言葉をかけられるたびに動揺している――。

（……最後のほうは気持ちよくなっちゃって、何を口走ったのか全然覚えてねーし！）

今夜もあのようなことをするのだろうか、と考えて、いやいやと首を横に振る。

（あれはなんつーか、弾みでって感じだったし……っ）

「――真子人」

「うわあっ！」

いきなり肩を掴まれて、素っ頓狂な声が出てしまう。

「なんだ、さっきから何回も呼んでるのに」

「えっ？　あ、ごめん何⁉」

「あそこ、おまえが絶対行きたいって騒いでたカフェじゃねーのか」

「ええっ？　ああっ、ほんとだ！」

この旅行が決まって以来、連日ガイドブックを舐めるようにチェックしていたのに、すっかり忘れていた。椋代が指さしている派手なカフェの看板を見て、そういえばここの名物のなんとかサンデーを食べたかったのだと思い出す。

「寄ってもいい？」

「ああ。今日はとことんつき合ってやるって言っただろ」

昨日部屋に閉じ込めておいたことの罪滅ぼしなのか、椋代は真子人の行きたい場所に面倒がらずにつき合ってくれている。

連れ立ってカフェに入り、ウェイトレスに案内されて窓際の席につく。

「おまえはこのサンデーでいいのか？」

「うん……あ、ちょっと待って。ハーフサイズにしとく。あれは一人じゃ食いきれない」

近くのテーブルに運ばれてきたお目当てのサンデーの実物を目にし、真子人はその大きさに戦《おのの》いて予定を変更した。

「……そうだな。ありゃ優に三人前はあるな。甘いもんは俺も手伝ってやれねーし」

椋代もちらっと横目で見て頷く。

「こっちの食べ物の量、まじでパねえよな……」

メニューを畳んで、真子人はぼそっと呟いた。決して食が細いわけではない真子人も、アメリカンサイズのボリュームには圧倒されっぱなしだ。

ウェイトレスが注文を取りに来て、椋代がコーヒーとサンデーを注文する。

彼女が立ち去った後で、椋代がふと思い出したように身を乗り出した。

「真子人、今夜の夕食、日本料理でもいいか？」

「え？　うん、いいけど」

つられて真子人も顔を上げ、椋代と目が合いそうになって慌てて視線をずらす。

「こっちに来て二日目で日本食っつうのもあれだが……」

「いいよ。アメリカの日本料理屋さんっていっぺん入ってみたかったし。椋代さん、もうアメリカの食事飽きた？」

「そういうわけじゃねえんだが……実は、俺たちが泊まってるホテルの日本料理の店で知り合いが働いててな」

「え……そうなんだ」

どきりとして、真子人は椋代の襟元《えりもと》辺りに視線を彷徨わせた。

昨夜「知り合いに会いに行く」と言っていたのはその人のことだろうか。椋代が自分から知人の話をするとは思わなかった。

そして、まさか会わせてもらえるとも思っていなかった。

（仕事関係の人？　それとも個人的な知り合い？　もしかして女の人だったりとか？）

今夜突然会うことになった椋代の知り合いについて、頭の中でぐるぐると考えを巡らせる。

「勇太の兄貴だよ」

「………ええっ！」

思いがけない名前に、真子人は目を丸くした。

「勇太から聞いてねえか？」

「歳の離れたお兄さんがいるっていうのは聞いてたけど、アメリカにいるのは知らなかった！しかもラスベガスだなんて、すっげえ偶然！」

意外な展開に、真子人はさっきまで意識していた気まずさも忘れて興奮気味に答えた。ちょうどゴージャスなサンデーが運ばれてきて、その感激も手伝って舌が滑らかになる。

「勇太さん、教えてくれたらよかったのにー」

行き先がラスベガスだということは勇太も知っているのだし、出発直前にも何度も会っているのに、そんなことは一言も言っていなかった。

「あいつなりに遠慮したんだろ」

「えっ？　なんで？」

「……アイス、溶けるぞ」

「あっ、やべっ、いただきまーす」

たっぷりチョコレートソースのかかったサンデーに気を取られ、真子人は忙《いそが》しくスプーンを口に運んだ。

「うん、アメリカって感じの味」

「おまえ、そればっかりだな」

椋代が可笑しそうに笑う。

いつもどおりのやり取りに、真子人も緊張が解れて笑顔になる。

「これは他に表現のしようがないんだよ。美味いか美味くないかというと微妙なラインで、ちょっと甘すぎるけど俺は嫌いじゃない」

「俺はアメリカの食い物はどうも苦手だ」

「え、五年もこっちに住んでたのに？　それでも慣れなかったの？」

「ああ。だから日本に帰った」

「なるほどー」

アイスを食べながら、真子人は椋代がすべてを話してくれるわけではなさそうだということに気づいていた。

（結局ゆうべ会いに行ったのは誰だったのか教えてくんねーし……勇太さんも俺にお兄さんのこと言い忘れてたってわけじゃないんだろうな……）

ゆうべ目にした、鮮やかな龍の彫り物が脳裏に甦る。

自分は椋代の〝仕事〟の領域には踏み込めない。

（そりゃそーだ。椋代さんは龍昇会の元若頭で、俺はただの専門学校生だし。こうやって一緒に旅行に来ていることが不思議なくらいだもんな……）

これはひょっとして疎外感《そがいかん》というやつだろうか、などと考えながらアイスを食べていると、誰かがテーブルの傍にやってくる気配がした。

「Hi, Josh」

「……?」

顔を上げると、見知らぬ青年がにこにこと愛想のいい笑顔を浮かべて椋代に手を振っている。肩まで伸ばしたプラチナブロンドに、オレンジ色のサングラス。引き締まった体に、一目で高級ブランドのものとわかる黒いカットソーとジーンズ。

(誰かと間違えてんのか……?)

男は椋代に向かって「ジョシュ」と話しかけた。人違いだろうと思い、向かいの席の椋代に視線を移す。

椋代は一瞬驚いたような表情を浮かべ……それから、真子人には見せたことがないような愛想のいい笑みを浮かべた。

(え……?)

スプーンを咥《くわ》えたまま、椋代とプラチナブロンドを交互に見上げる。

『やあ、アンディ。ゆうべはどうもありがとう』

椋代の短いセリフは、真子人にも理解できた。

(ゆうべ? じゃあ会いに行った知り合いってこの人?)

『どういたしまして。結局あの後も商談相手に会えなかったの?』

『ああ。どうも行き違いがあったらしくて』

『ふうん……こっちの彼は、ジョシュの連れ？』

アンディと呼ばれた美青年が、サングラスを外して真子人ににっこりと笑いかける。

『初めまして。アンディです。ジョシュとはゆうべナイトクラブで会ったんだ』

完璧な笑顔だった。しかし青い瞳は本心から笑っているわけではなく、探るような目つきで真子人の紅茶色の瞳を覗き込んでいる。

「え？　えっと……マイ・ネーム・イズ・マコト。ナイス・トゥ・ミーチュー」

とりあえず自己紹介をされたらしいことはわかったので、中学校の教科書に載っているようなセリフを返す。

たどたどしい挨拶に、アンディの瞳にあからさまに小馬鹿にしたような色が浮かぶのを、真子人は見逃さなかった。

（むむっ、なんだこいつ……）

真子人も感情が顔に出やすいタイプだ。二人の間に険悪な空気が立ち込める。

先に視線を逸らしたのはアンディのほうだった。空いている席に浅く掛け、椋代のほうへ体を向けて優雅な仕草で脚を組む。

どうやら真子人のことは無視することに決めたらしい。

『ゆうべは素敵な夜を過ごせると思ったのに、カジノではぐれちゃって残念だったよ。ってゆうか、俺のこと撒いたよね。ま、こんな可愛い彼氏がいたんなら仕方ないかな』

『……いや、こいつはそういうんじゃない』

『隠さなくてもいいよ。俺、こういうの敏感だから。それにしてもちょっとむかつくなあ……俺、人探しにいいように利用されちゃったんだなあ』

真子人には何を言っているのかさっぱりわからなかったが、椋代が次第に渋面になっていくところを見ると、あまり楽しい会話ではなさそうなことが窺える。

『すまない』

『へえ、正直なんだね。ますます興味が湧いてきたよ』

『………』

スプーンを持ったまま、真子人は二人の間に漂う何やら親密そうな空気にやきもきした。

アンディの、椋代を見つめる目つきには、明らかに媚態が含まれている。

椋代が女性にもてることは知っているが、こんなふうにとびきり魅力的な美青年に言い寄られている——多分——ところを見たのは初めてで、胸の中がざわざわと波立つ。

(……椋代さんって男もいける人なんだ)

二人の間の空気から、ゆうべ何かあったらしいことが窺える。

(もしかして椋代さん、ゆうべこの人とデートだったとか？　つまりそういう行為をして……)

男と会ってセックスしてきたから、あんなにむんむんするような色気を発していたのかもしれない。体の奥に性愛の余韻が残っていて、ちょっとした弾みで真子人にもいやらしいことをしてしまった……と考えれば腑《ふ》に落ちる気がする。

心臓が、ちくりと痛む。

椋代が他の誰かともああいうことをしているのだと思うと、なんだか胸がもやもやする。

『なんか彼、俺たちのこと誤解して焼き餅《もち》焼いてるみたいだね。可愛いなあ……』

アンディが立ち上がり、ちらりと真子人を一瞥《いちべつ》してから椋代の肩に手を置く。

その馴れ馴れしい仕草に、ますます胸がざわついてしまう。

『アンディ、すまないが……』

椋代が、肩に置かれたアンディの手を外そうと、やんわりと身じろぎする。

アンディは構わず椋代の頬に手を添えて上向かせ……。

「――――!!」

目の前で、アンディが椋代にキスをした。

それも、頬への軽い挨拶のようなキスではなく、唇に――――。

(な……、何!?)

大きく跳ね上がった心臓が、やかましいほどどくどくと鳴り始める。

『……やめてくれ』

椋代が渋い表情でアンディの体を押しやる。

『はは、ちょっと意地悪しすぎちゃったかな。彼、すごーく動揺してるみたいだね』

呆然と固まる真子人をちらりと横目で見ながら、アンディが蕩けるように魅力的な笑顔を浮かべる。

『じゃあね、ジョシュ』

周囲の好奇の視線をものともせず、ご丁寧に椋代に投げキッスをしてから悠々と踵を返す。

最後に真子人のほうを見て勝ち誇《ほこ》ったような笑みを浮かべたのを、真子人は見逃さなかった。

「……今の、なんだよ!?」

椋代を睨みつけ、辺りを憚ることも忘れて詰問する。

「何って……ゆうべナイトクラブで会ってちょっとしゃべっただけだ」

「そうじゃなくて、キ……キス!」

「知らん」

「とぼけんなよ！」

椋代が小さくため息をついて、ぼそっと呟く。

「……ま、粉《こな》掛けられたってとこかな」

「ナンパされたってこと?」

「そんなところだ」

「………」

勢いで「あの人とエッチしたの？」と訊きそうになってしまったが、すんでのところで呑み込む。

それについて、自分が問い質《ただ》す権利はない。

別に恋人同士でもないし、椋代は真子人が知る限りでは特定の恋人もなくフリーのようだし、旅先で誰と一夜の恋を楽しもうが椋代の自由だ。

ガラスの器《うつわ》に残ったアイスクリームがどろりと溶けてゆく。もう浮かれてサンデーを食べるような気分になれず、真子人はスプーンを置いた。

（なんか……ショック……）

アイスクリームのせいだけでなく、胃の腑の辺りがすっと冷えていく。

椋代とああいうことがあっただけに、椋代と他の人のそういう関係には心の中がもやもやして落ち着かない。

「真子人、おまえなんか誤解してるようだが……」

「別に誤解なんかしてない。あーなんかお腹《なか》冷えちゃった。あったかい飲み物頼もうかなー」

慌てて遮って、顔を隠すようにしてメニューを広げる。

しかし椋代の手が伸びてきて、メニューを取り上げられてしまった。

「いいから聞け。さっきの彼とは別になんでもない。クラブで目的の人物に会えなくて、人探しを手伝ってもらっただけだ」

「……あ、そう」

そっぽを向いて、真子人は唇を尖らせた。

（うー……なんかかっこ悪い。これじゃあまるで妬いてるみたいじゃん…）

自分がアンディに嫉妬《しっと》する理由などないはずだ。

それでも胸に立ち込めた重苦しい霧《きり》は、一向に晴れる気配がない。

「ココアでも頼むか？」

「……いい」

いかにも拗ねたような態度を取ってしまった自分に腹が立って、真子人は悄然と項垂れた。


（あーもう、テンション下がりまくり）

宿泊先のホテルの部屋に戻って顔を洗いながら、真子人はこっそりため息をついた。鏡に映った顔も、明らかに元気がない。

――カフェでの一件以来、真子人ははしゃぐふりをする気力を失ってしまった。

気がつけば、椋代のことばかり考えている。今朝の行為と、アンディの挑発するような視線
……それらが交互に脳裏に浮かび、観光どころではなくなった。

（ま、テーマホテルは見たかったところはだいたい見られたし、一番のメインは今夜のマジッ

クショーだし)

気持ちを切り替えるように、鏡に向かって笑顔を作る。

しかしそれは、アンディの隙のない完璧な笑顔と比べてかなり覇気に欠けるものだった。

「真子人、そろそろ支度しろよ」

「あ、うん」

リビングから椋代に声をかけられ、あたふたとバスルームを後にする。

椋代はもうダークグレーのスーツに着替えて、リビングの一角にあるデスクでノートパソコンのモニターを覗いていた。

(あ、いつものヘアスタイルに戻ってる)

そのほうがいい。椋代が前髪を下ろしていると、今朝のことを思い出してしまってどうにも落ち着かない。

ベッドルームに入ってクロゼットを開け、今日のために持ってきたスーツを取り出す。専門学校の入学式のときに作ってもらった、一張羅《いっちょうら》だ。シルバーに近いグレーと、細身のシルエットが自分でも気に入っている。

鮮やかなコバルトブルーのワイシャツにダーククレッドのネクタイを締めると、少し気分も浮上してきた。

全身鏡の前に立ち、手櫛で髪を整える。

（こうして見ると俺だってなかなかいけてるじゃん）

まるで芸能人のように華やかなアンディに気圧されてしまったが、自分も日本では相当いけていたことを思い出す。

（うーん……もうちょっと肩幅と胸板があればなあ）

横を向いたり体を捻ったりしながら鏡の前でポーズを取っていると、ベッドルームの入り口から椋代の「……何やってんだ」という呆れた声が飛んできた。


日本料理店『鷲羽山《わしゅうざん》』は、ホテル内の高級レストランが建ち並ぶエリアでも一際目を引く店構えだった。

何もかも煌びやかで、いささか装飾過剰の傾向にあるラスベガスでは、シンプルな純和風の佇いはかえって目を引く。

「うわ、思ってたより高級店って感じ……もっとこう、アメリカナイズされた日本料理屋を想像してた」

「ここの経営者は、カリフォルニアロールは出さない主義らしいからな。アメリカ人向けにアレンジした和食を出す店は多いが、徹底して日本流を貫いてる。それが受けて、ハリウッドからの常連客も多いらしい」

「ひょえー、ハリウッドスターも来るのかあ。こっちのセレブの人って結構和食好きだよね」

いつもの自分を取り戻そうと、真子人は敢えてはしゃいだ。椋代に、アンディとの件をうじうじと気にしているように思われたくない。

椋代が和服姿のウェイトレスに予約してある旨《むね》を告げる。

日本人なのか日系人なのか、和服のウェイトレスは綺麗な英語で答えて二人をカウンター席に案内してくれた。まだ時間が早いせいか、カウンターには他に客はいなかった。

「おおっ、寿司！」

立派な一枚板のカウンターには、日本の寿司店と同じように活《い》きのよさそうなネタがずらりと並んでいる。

「いらっしゃい。お待ちしておりました。椋代さん、そして真子人さん」

白い清潔な上《うわ》っ張《ぱ》りに身を包んだ、日に焼けた角張った顔の男——勇太の兄の勇一が、にこやかな笑みを浮かべて迎えてくれる。

「あ、どうも初めまして……っ」

少々上擦《うわず》った声で挨拶して、真子人はぺこりと頭を下げた。

勇太とはあまり似ていないが、声がそっくりなのですぐに兄弟だとわかる。多分どちらかが父親似で、どちらかが母親似なのだろう。

「まあどうぞお掛け下さい。この時間はお二人の貸し切りにしてますんで、どうぞごゆっくり」

促されて、木製のスツールに腰掛ける。

「何にしましょう？」

「任せる。真子人も好き嫌いないよな？」

「うん、お寿司ならなんでもＯＫ！」

ガラスケースの中のネタに目を輝かせながら、真子人は大きく頷いた。

勇一が目を細め、まずは小鰭《こはだ》と海老《えび》を握って皿に並べる。

「勇太がいつもお世話になってます。真子人さんのことはあいつから色々伺ってますよ。あいつ、同年代の友人がいないもんで、真子人さんが仲良くして下さってありがたいです」

「いえそんな。俺のほうこそ勇太さんには色々お世話になりっ放しで……」

勇一にしげしげと見つめられ、真子人は何か変なことを言ったろうかと首を傾げた。

「あ、すみません。いやあ、勇太から聞いてましたけど、ほんとお綺麗ですねえ……いや男の子に綺麗っていうのも変ですけど、アイドル顔負けじゃないですか」

「えっ？　えへへ」

容姿を褒められて、へらっと相好《そうごう》を崩す。「かっこいい」と言われるために日々努力している真子人としては、アイドル顔負けという褒め言葉が嬉しくてたまらない。

「あんまりこいつをおだてるなよ。ますます調子に乗るからな」

椋代が呆れたように口を挟む。

「勇太のやつ、真子人さんに悪い遊びを教えたりしてないでしょうね?」

勇一が少々心配そうに椋代のほうへ視線を向ける。

「それはない。二人でゲームで遊んでるよ。漫画《まんが》貸し借りしたり、庭でキャッチボールしたり、まあ可愛いもんだ」

「へえ、勇太がねえ。どうしようもねえほど荒れてたあいつが、今になってそういう普通の子がするような遊びをねえ。変われば変わるもんですね」

勇一の目が、ますます細くなる。その口調からは、歳の離れた弟に対する愛情が滲《にじ》み出していた。

「料理の腕も相当上がったぞ。なあ、真子人」

「うん、勇太さんが作るご飯、すげー美味い。そういえば、料理はお兄さんに習ったって……」

「ええ、私が元々板前やってたもんですから。あいつに私が教えてやれることといったら、料理だけだったんでね……」

勇一が、少々しんみりした口調になる。

「英語もかなり上達したぞ」

湿っぽくなりそうな空気を、椋代がさらりとかわす。

「そういえば勇太さん、椋代さんに英語習ってるって言ってたっけ。どうして?」

「そのうち勇太をこっちに呼んで、一緒に住むつもりなんです。ここでもう少し修業させてもらって、いずれあいつと二人で店をやれたらいいなと思ってまして」

「……ええっ、そうなんですか」

勇一の口から出た意外な言葉に、真子人は目を丸くした。

「ええ。真子人さんもご存知でしょう、あいつの背中のあれ」

勇一の問いに、一拍置いてこくりと頷く。

「足洗ったって言っても、日本じゃ就職は難しいですからね。私も組が解散したときにもう一度板前に戻ろうと思ったんですけど、これ背負っているとなかなかね……その点こっちはタトゥや経歴には寛容ですから」

「……そうなんだ……勇太さん、アメリカに行くつもりで英語習ってたんだ……」

真子人は、ヤクザ時代の勇太を知らない。やんちゃしてた頃の写真を見せてもらったが、すさんだ表情はどうしても今の明るい彼と結びつかなかった。

今の彼は、穏やかな努力家だ。椋代に教わるだけでなく、部屋にはラジオ講座のテキストや英語の本が何冊もあり、携帯音楽プレーヤーにも英会話の教材が入っていることを真子人は知っている。

「勇太さんとお兄さんがお店開いたら、俺、ぜひ行きたいです」

「はは、かなり先の話ですよ」

「そのことなんだがな。勇太も日常会話なら困らねえ程度に話せるようになったし、そろそろこっちに呼んでもいいんじゃねえか？　店を出すのはまだ先の話としても、あいつならここの厨房でも即戦力になるだろ」

椋代の隣で、真子人もうんうんと頷いた。勇太の第二の人生を、真子人も応援したい。

「そうですね……。もうそろそろ、そういう時期かもしれませんね」

勇一が、一語一語噛み締めるように言って頷く。

「なんかすみません、私の話ばっかりになっちゃいましたね。ラスベガス、どうですか？　テーマホテル巡りはされたんですか？」

「ええ、今日行ってきました。一つ一つのホテルがめちゃくちゃでっかくって、ほんとすげーびっくりしました！」

「でしょう。私も来た当初はこのホテルの中で何度も迷子になりましたよ」

ラスベガスの四方山話《よもやまばなし》になり、真子人は美味しい寿司に舌鼓《したつづみ》を打ちながら、勇一の話に耳を傾けた。


「ご馳走さま、美味しかったー」

店を出て、真子人はいつものように椋代にぺこりと頭を下げた。

勇一のおかげですっかりいつものテンションを取り戻し、満腹も手伝ってご機嫌だった。

「開場まで少し時間あるな。どっか見たい店とかあるか？」

「ここに入ってる高級ブティック見てみたい。一人じゃ敷居高くて入れないけど、椋代さんが一緒なら堂々とウィンドウショッピングできるからさ」

「見るだけなのか」

「見るだけだよ。たとえお金があったって、今の俺には高級ブランドの服なんて似合わねーもん」

「なんだ、ちゃんとわかってるじゃねーか」

「おじさんにはわからないかもしれないけど、若者には若者らしいファッションってのがあるんだよ」

「ああ？」

いつもどおりのやり取りを交わしながら、二人でホテルの一階にあるショッピングモールに足を踏み入れる。

さすがラスベガスで一、二を争う高級ホテルとあって、名だたるブランドのブティックがずらりと並んでおり、その煌びやかな店構えに真子人は一瞬気後《きおく》れしそうになった。

「ひえー……一人だったら絶対来れねえ」

「おまえ、変なとこで弱気だな」

「分をわきまえている、と言って欲しいね」

「おまえがそんな言葉を知っているとは意外だ」

「それくらい知ってますー」

服、バッグ、靴、宝石……カジノで懐が潤《うるお》った客をターゲットにしているのか、どの店も競うように高価格の商品を前面に押し出している。買うつもりはないが、洗練されたデザインの数々を見て回るだけで楽しいし、刺激になる。

「……あ！」

「どうした」

突然ウィンドウの前で立ち止まった真子人に、椋代が怪訝そうに振り返る。

「ああ……いや、あの服、色違いのをアンディって人が着てたなーと思って……」

スタイリッシュなデザインのカットソーが、照明を浴びて誇らしげに揺れている。アンディが着ていたのは黒だったが、ウィンドウに飾られているのは同じ型の白だ。

椋代が眉間に皺を寄せて、ウィンドウのディスプレイを見やる。

「……全然わからん。似てるだけじゃないのか」

「絶対そうだよ。うっわあ……ブランドものだろうとは思ってたけど、ここのお店のだったんだあ……」

イタリア製のブランドは日本にもショップがあるが、カットソー一枚でも目玉が飛び出るような値段だ。

大人になって自分で稼《かせ》げるようになったら、いつかは着てみたい憧れのブランド。それを普段着のようにさらりと着こなしていたアンディに、格の違いを見せつけられたようで悔しい。

（いや……あんな金髪美形には最初っから敵《かな》わねーけど……）

真子人は自分が一番かっこいいと思っている幸せなタイプなので、容姿に関して他人にライバル心を燃やすことはない。美容学校の生徒の中にはお金持ちのボンボンもいて、真子人が買えないような高い服や靴を身につけているが、それを羨ましいと思ったこともなかった。

なのに、アンディに対してはどうしてこう……対抗心のようなものが芽生えてしまったのだろう……。

「欲しいんだったら買ってやろうか」

さらっと言われて、真子人は驚いて椋代を見上げた。

「……えっ？　いや、別に、欲しいわけじゃ……」

「さっきからずっと目が釘付けじゃねーか」

「それは……服が欲しいとか単純な問題じゃねーんだよ。今の俺の、あ……あいでんて？」

「アイデンティティ？」

「そうそれ、俺のあいでんてぃてぃーについて物思いに耽ってただけなの！」

くるりと踵を返して、ウィンドウに背を向ける。

「……なあ、そういえばあのアンディって人、椋代さんのことジョシュって呼んでたよな」

「……ああ、こっちでのあだ名みたいなもんだ。義彦と言ってもまず覚えてもらえないからな。面倒だからこっちではそれで通してる」

「ふーん……」

初対面の人にもあだ名呼ばせちゃうんだ、と言いそうになり、慌てて口を噤む。

まるで嫉妬丸出しの彼女みたいなセリフだ。

けれど、いつまで経っても「椋代さん」としか呼べそうにない自分と、最初から親しげにジョシュという真子人の知らない名前で呼ぶアンディとを比べてしまって……再び胸が苦しくなる。

「……っ」

――ラスベガスに来てから、自分はどうかしている。

感情がコントロールできなくて、椋代の些細な言動にいちいち喜んだり傷ついたり、椋代のことばかり考えてしまったり――。

(こんなふうに、訳わかんない感情に振り回される自分が嫌だ……っ！)

肩を怒らせながら、つかつかとショッピングモールの中央通りを歩く。

モールは観光客で賑わっていた。日本からの観光客も結構いるらしく、時折日本語も聞こえてくる。前からやってきた数人の団体客を避けようと、真子人は通りの端へ身を寄せた。

「――真子人」

ふいに椋代に腕を掴まれる。

どきりとして、真子人は顔を上げた。

「な、何?」

「……ちょっとこっち来い」

「え?」

腕を引かれ、通りの脇道へ連れて行かれる。脇道はホテルの庭に通じており、ライトアップされた遊歩道へと連れ出される。

夜の遊歩道は、人影もまばらだった。数メートル先に二組ほどのカップルがいるだけで、そのカップルも遊歩道の散策を楽しむというよりは、次の観光スポットへと急いでいるように見える。

「急にどうしたんだよ?」

返事はなかった。しばらく遊歩道を無言で歩いてから、人目に付かない木陰に来てようやく椋代が口を開く。

「……ちょっと、会いたくない知り合いがいた」

「え、椋代さん、勇一さん以外にもここに知り合いがいるの?」

「……ああ」

「もしかしてアンディ?」

「違う。……ゆうべ会えなかった知り合いだ」

「会いたくないのに会いに行ったの？」

「色々事情があるんだよ」

これ以上質問には答えない、と言わんばかりの素っ気ない口調だった。

（あ……もしかして、あのとき話してた……）

赤坂の焼肉店で漏れ聞こえた、少々きな臭い会話を思い出す。

『……日本人？　……ああ、それは多分偽名だろう』

そういえば、先ほどショッピングモールで団体客の後ろに東洋系らしき中年の男がいた。サングラス越しに真子人の顔をじろじろと興味深げに眺めていたので印象に残っている。

椋代が会いたくない知り合いというのは、あの男だったのだろうか。

会いたくないということは……椋代はあの男の身辺を探っていたということか。

椋代が何か危険なことに関わっているのではないかと心配になり、真子人は椋代のスーツの袖を掴んだ。

「椋代さん、あのさ……俺が口挟むようなことじゃないけど……」

「だったら黙ってろ」

ぴしゃりと拒絶され、真子人は言いかけた言葉を呑み込んだ。

いつもだったらむっとするはずなのに、湧いてきたのは悲しいとか寂しいとかそういう感情で……。

「………うっ」

自分が漏らした嗚咽《おえつ》に、自分で驚く。

なんでここで泣くんだよ、と思いつつ、溢れ出した涙が止まらない。

椋代が、驚いたように目を見開く。

「……おい、何も泣くこたあねえだろ……」

その声には、困惑と狼狽が滲み出していた。

「俺だって、泣きたくて泣いてんじゃねえよ！」

逆ギレして怒鳴る。しかし威勢のいいセリフとは裏腹に、涙は次から次へと溢れてしまう。

「なっ、なんだよ……っ、人が心配してやってるのによお……！　俺に黙って、なんか危ないことやってんのはわかってんだぞ！」

みっともなく泣き喚きながら、真子人はどうしてこんな最悪の展開に陥ってしまったのだろうと後悔した。

考えても考えても、どこで間違ったのか全然わからない。

(俺ってほんと馬鹿……こんなとこで泣くとか、椋代さんにうざがられるだけだろーが)

「……まったく」

ため息をつくように、椋代が呟く。

その心底困りきったような声に、真子人はびくりと肩を震わせた。

今度こそ、本当に愛想を尽かされてしまったかもしれない――。

（え……？）

ふいに椋代に抱き寄せられ、大きく目を見開く。

「……心配させて悪かった。ちょっと組時代の名残のごたごたがあってな……。おまえを巻き込みたくなかったんだが、そのせいで色々行動を制限しちまって、せっかくの旅行を台無しにしちまったな」

椋代の声が、密着した厚い胸板から直に響いてくる。

優しく背中を撫でられて、真子人は子供のようにしゃくり上げた。

「大丈夫だ。この件に関してはまた改めて出直す。明日は予定どおりグランドキャニオンに連れてってやる」

「俺が心配してんのは観光のことじゃねーよ……っ、そうじゃなくて、椋代さんが……っ」

「……わかってる。だがこれが俺の仕事だ。いや……正確には過去の仕事だが、後始末はきっちりつけねえとな」

「……っ」

椋代のかつての仕事――それは真子人には踏み込めない領域だ。

それがもどかしくて切なくて、真子人は椋代の背中に手を回してしがみついた。

このスーツの下に、龍の刺青がある。一生消えない、椋代の過去――。

「……真子人」

名前を呼ばれ、涙と鼻水でぐしゃぐしゃになった顔を上げる。

椋代の顔は、逆光になっていてよく見えなかった。

けれど、その双眸がじっと自分の目を見つめているのはわかる。

椋代の顔が、ゆっくりと近づいてきて……。

――キスされる。

無意識に、真子人はそっと瞼を閉じた。まるで椋代のキスを待ち侘《わ》びていたかのように……。

しかし、いつまで経っても唇は重ねられなかった。

(……？)

ぱちっと目を開くと、椋代が目を逸らしたのがわかった。

そっと肩を押され、体を引き剥がされる。

「――そろそろ開場時間だ」

「えっ？　あ、ああ……」

肩透かしを食らって、真子人はひどく戸惑った。

椋代も決して平然としているわけではなく……二人の間にひどく気まずい空気が立ち込める。

「一度部屋に戻るか？」

「……いや、いい」

手のひらでごしごしと目の周りを擦っていると、椋代がハンカチを差し出してくれた。

「いい……俺も持ってるし」

ポケットから、兄が丁寧にアイロンを掛けてくれたハンカチを取り出す。椋代と肩を並べて歩きながら、涙と鼻水を拭《ぬぐ》う。

胸には、釈然としない思いがもやもやと渦巻いていた。

（なんだよ……アンディにはキスさせてたくせに）

キスされそう、と思ったのは自分の勘違《かんちが》いだったのか。それとも本当にキスしようとして、思いとどまっただけなのか。

（椋代さんて……俺のことどう思ってるんだろう）

――地塩の恋人の弟。手のかかる面倒なガキ。

それだけじゃないような気がするのは、自惚《うぬぼ》れなのだろうか……。

訊きたいけど訊けない。答えを聞くのが怖い。そんな感情を、真子人は初めて知った。

なんでも思ったことをそのまま口にしてしまう自分が、一番訊きたいことを訊けずにいるなんて、もどかしいことこの上ない。

「…………」

「…………」

黙って遊歩道を歩いていると、やがてホテルの正面玄関へとたどり着く。

明るい照明とカジノの賑やかなざわめきが、真子人を現実に引き戻す。

「このままシアター行くか」

「うん」

微妙に距離を置きながら、真子人はぎくしゃくとホテル内のシアターへ向かった。


開演十五分前、シアターの座席はほぼ埋まっていた。

二千人近く収容できるシアターは連日満席、今ラスベガスで一番人気のショーらしい。マジシャンの名前は、アラン・ホワイトタイガー。アメリカでは目下人気急上昇中の若手マジシャンで、動物を使った大掛かりなイリュージョンに定評がある、とガイドブックに書かれていた。

ちらりと隣の席の椋代を盗み見る。

椋代は腕を組んで軽く目を閉じていた。なんとなく気まずくて、席に着いてからお互い一言も口を利いていない。

(こういう場合、どうしたら……何もなかったようにはしゃぐのも変だよな?)

開演までの暇を持て余し、真子人は入り口で手渡されたパンフレットをめくった。虎《とら》やライオンに囲まれたアランの写真をぼんやりと眺める。

（……んん？）

動物たちの中央で妖しく微笑む青年は、派手なメイクをして光沢のある白いタキシードに身を包んでいた。アランはマジックの腕だけではなく、その美貌も人気の要因らしいが、メイクがなくてもかなりの美形だとわかる。

そして、その顔立ちには見覚えがあった。それもつい最近出会った人物だ。

「椋代さん、これ……アンディじゃない？」

気まずい思いも吹き飛んで、真子人は椋代の袖をくいくいと引っ張った。

真子人の問いかけに、椋代が目を開けて怪訝そうに振り向く。

「ほら」

パンフレットを広げて、椋代の目の前に掲げる。

「……俺には髪の色しか共通点がないように見えるが」

「ええっ、よく見てよ。輪郭とか鼻の形とか」

「そんな細かいところまで覚えてねえよ。だいたいこうも化粧が濃いと、元の顔なんか全然想像がつかん」

「えー……絶対そうだと思うんだけどなあ」

「まあ、あり得ない話ではないな。普通の勤め人には見えなかったし、若いのにやけに羽振りがよさそうだったし」

椋代はさして興味がないようで、真子人が掲げたパンフをうるさそうに手で押しのける。

「……なんかリアクション薄くない？」

「他にどうしろってんだ」

「もうちょっと驚くとかさあ」

「ここはラスベガスだ。芸能人や有名人はいくらでもいる。珍しくもないだろ」

「そうだけど……」

「始まるぞ。静かにしろ」

椋代が体を傾け、自身の肩で真子人の肩を軽く押す。

親密な間柄でしかやらないような仕草に、真子人はどきりとした。

（……さっきの、結局しなかったけど……でもあれって絶対キス寸前だったよな）

不確かだった感触が、次第に確信に変わってゆく。

少なくとも、自分はあのときキスされても構わないと思っていた。

いや……して欲しいと思った。

そして今、軽く触れた肩から全身にびりびりと電流が走り、それを心地いいと思っている。

体の芯がじんわり熱くなるような感覚をもっと味わいたくて、隣にいる椋代の肩に、もたれてみたいと思っている――。

（なんだろう……これ。俺ってもしかして椋代さんのこと好きなのかな……）

シアターの非日常的な空間が、そんな妄想《もうそう》を抱かせているのだろうか。

椋代の横顔をじっと見つめる。椋代はまっすぐ舞台のほうを向いており、真子人の視線には気づいていないようだった。

心臓がどきどきしている。胸を締め付けられるような、苦しくて切ない気持ちが込み上げてくる。

（――――いや、妄想なんかじゃない。俺は椋代さんのことが……）

この気持ちは間違いなく恋だ。

旅行が終わってからも一緒にいたい……ずっと傍にいたい。

こんなにも誰かのことを想うのは初めてで、こんなにも誰かのことを想っただけで胸が熱く疼くのも初めてだった。

一度自覚してしまった想いは、胸の中で急速に膨れ上がる。小さな胸はあっという間にいっぱいになり、このままでは破裂してしまいそうだった。

（うわ、どうしよ……この気持ち、言ってしまいたい……！）

真子人は、自分の中にある感情を黙って抑えていられる性格ではない。盛り上がった気持ちを、その勢いのままに口に出してしまいたくなる。

「椋代さん！」

「……ん？」

急に腕を掴んで鼻息荒く切り出した真子人に、椋代が怪訝そうに振り返る。

「あのさ、俺、俺……っ」

顔を真っ赤にして、真子人は肩で息をした。

しかし――好き、と言おうとしたところで開演のブザーに遮られてしまう。

「後で聞いてやるから」

椋代が、ふっと表情を緩めて笑みを浮かべる。

「……っ」

その穏やかな眼差しに、真子人は胸がじわっと熱く満たされるのを感じた。

今告白すれば、答えはイエスかノーの二択だ。椋代がすぐにイエスと言うとは思えない。けれど、イエスの方向に持っていく余地はあるような気がする。

（ちょっと落ち着いてから言おう……）

今はこの眼差しだけでいい。この幸福感を噛み締めたい。

ブザーが鳴りやんで場内が暗くなり、真子人はしばし夢の世界に浸ることにした。


ショーは思っていた以上にゴージャスで、開演からしばらくは椋代のことばかり考えていた真子人も、やがて舞台に夢中になった。

「うおっ！　すげえ！」

いったいどういう仕掛けなのか、今にもアランに飛びかかろうとしていた白い虎が一瞬にして消え去り、思わず歓声を上げる。

観客席からもどよめきと拍手が沸き起こり、アランが誇らしげに微笑む。

さすがエンターテインメントの本場ラスベガスで人気を博しているだけあって、演出も洗練されている。テレビでお馴染みの美女の体を二つに切断するパフォーマンスや閉ざされた空間からの脱出劇も、実際に生で見ると迫力があって飽きなかった。

（これ見るだけでもラスベガスまで来た甲斐がある、まじで）

再び舞台に現れた虎を、アランが愛おしげに撫でる。

――間違いない。彼はカフェで声をかけてきた〝アンディ〟だ。

どちらが本名なのか、あるいは両方とも本名ではないのかもしれないが、濃いメイクをしていても真子人にはすぐにその声で彼だとわかった。真子人は人の名前を覚えるのは苦手だが、顔や声についての記憶力は抜群なのだ。

華麗さと妖艶《ようえん》さを兼ね備えた、魅力的なパフォーマー。アンディは間違いなく人を惹きつけるオーラを持った、選ばれし者だ。カフェでの小馬鹿にしたような態度にはむっとさせられたが、こうも素晴らしいテクニックを見せられると「許してやろう」という寛大な気持ちになる。

有名人のアンディが、今後椋代とどうこうなる可能性は低いだろう。アンディのほうも一夜の恋の相手に声をかけてきただけで、椋代を本気で愛しているとは思えない。

(俺のほうが傍にいるし。俺にはチャンスがある!)

非日常的で煌びやかなショーを見て気持ちが高ぶったせいか、真子人はすっかりポジティブな気分になっていた。

兄や友人たちに呆れられるほどの単純で前向きな性格が、遺憾《いかん》なくその能力を発揮する。

ちらりと隣の椋代の横顔を盗み見る。さすがに真子人のようにははしゃいだりしないが、椋代もショーを楽しんでいる様子だった。

ふいに椋代が振り返り、間近で目が合う。

「どうした」

「えっ、いや別に」

慌てて、舞台のほうへ視線を戻す。

いつの間にか衣裳を着替えたアンディが、華麗な手さばきでカードを操って観客を幻惑させていた。大がかりなイリュージョンだけでなく、アンディはこうしたカードやコインを使ったマジックも上手い。

アンディの白い指先が、スポットライトの強い光の下で妖しく蠢く。

素顔の〝アンディ〟よりも舞台の〝アラン〟は中性的で、よりいっそうセクシャルな魅力を醸し出している。

（うー……悔しいけど、すげえ色っぽいよなあ）

色気のないガキとしては、大いに見習いたいところだ。

（さて……どうやって告《こく》るかな）

友人たちが彼女とくっついたときのエピソードを思い出してみるが、どれも椋代相手には通用しそうにない。

（今朝みたいな展開に持っていくのもありかな……）

真面目な顔で、真子人は椋代を虜《とりこ》にする方法についてあれこれ思案した。


「すげー楽しかったね！」

「ああ。正直あんまり興味なかったんだが、ラスベガスで一番人気があるというのも頷ける」

ショーが終わり、まだ興奮の余韻の残る会場を後にして、ロビーに向かう。

時計を見ると、十一時半。こんな遅い時間にロビーを歩いたのは初めてだが、昼間と違って着飾った人が多く、カジノルームから聞こえるざわめきもよりいっそう大きい。

二十四時間眠らない街・ラスベガスの魅力を味わい尽くすには、カジノとナイトクラブは絶対に外せない。どのガイドブックにも、口を揃えてそう書かれていた。

（あー、俺が二十一歳以上だったら、こういうとき洒落《しゃれ》たバーとか寄って、いいムードに持っ

ていけるのになあ）

日本ならアルコールさえ注文しなければいい話だが、ここではそうはいかない。

ロビーを通りかかったときに外の景色が見えて、カジノやクラブ以外にも夜のお楽しみがあったことを思い出し、真子人は椋代のスーツの袖を引っ張った。

「椋代さん、外の噴水ショーまだやってるよ。ライトアップしたとこ見たいから、ちょっと寄っていかない？」

「ああ、そうだな」

（よっしゃ！）

心の中でガッツポーズをして、真子人はいそいそと正面玄関へ向かった。

深夜のラスベガスで美しくライトアップされた噴水を眺めるなんて、なかなかロマンティックなデートになりそうだ。

「ああ……ちょっと待て」

玄関を出たところで、椋代が立ち止まる。スーツの内ポケットの携帯電話が振動したらしく、液晶画面を見てから通話ボタンを押す。

「勇一か。どうした？」

（勇一さんか……）

椋代の傍に立って、電話が終わるのを待つ。池の周囲には、噴水ショーの開始時間に合わせて続々と観光客が集まり始めていた。

「そうか……わかった。ああ、俺が行く」

椋代の声が、次第に険しくなっていく。嫌な予感がして、真子人ははらはらしながら椋代の横顔を見守った。

嫌な予感は的中した。通話を切った椋代が、眉間に深い皺を寄せて真子人を見下ろす。

「すまん。ちょっと用事ができた。噴水ショーを見るのは明日の晩に延期させてくれ」

「ええっ⁉　今から⁉」

「ああ。おまえは先に部屋に戻って寝てろ」

椋代が、足早に正面玄関へ引き返す。小走りに追って、真子人は椋代の腕を掴んだ。

「椋代さん！　もしかして……」

真子人の顔色で、何を言おうとしたのかわかったのだろう。玄関を入ったところで立ち止まり、椋代がぽんと真子人の頭に手を乗せる。

「……心配しなくても大丈夫だ」

「だけど……っ！」

尚も引き留めようとする真子人を、今度は椋代が腕を掴んでフロントの傍で控えていたベルボーイの元へ連れて行く。

『すまない。この子を部屋まで送り届けてやってくれないか。途中で寄り道させないようにな。

ルームナンバーは……』

部屋番号を告げて、ベルボーイの手にチップを握らせる。

『承知いたしました』

ベルボーイがにっこり笑って、真子人のほうを向いて頷く。

「えっ、何？　一人で戻れるよ！」

「いいから送ってもらえ。俺もすぐ戻る」

「ちょっと、椋代さん……っ」

真子人の呼びかけに、椋代は振り返らなかった。大きな背中がカジノルームへと消えてゆく。

カジノに入ることができない真子人は、その背中を追いかけることすら許されず……。

『行きましょう』

ベルボーイに促され、真子人は渋々と客室用のエレベーターへ向かった。

（遅い！　すぐ帰るって言ったのに……っ！）
スイートルームのリビングで、真子人は苛々《いらいら》しながら時計を見上げた。
ベルボーイに監視されながら部屋に戻って、一時間以上経つ。日付はとっくに変わったが、
椋代からは連絡すらない。

（大丈夫だろうか……まさか、危険な目に遭ってるんじゃ……）

神経が高ぶり、不安が増幅する。先に寝てろと言われたが、心配でそれどころではなかった。腹を空かせた猛獣のようにうろうろと部屋の中を歩き回り、何度も何度も携帯電話の着信を確認する。

「……っ！」

ふいに電話のベルが鳴り出して、真子人はびくりと肩を竦ませた。携帯電話ではなく、部屋に備え付けられた電話だった。

ここに来てから、室内電話が鳴るのは初めてだ。

（誰だろ……もしかして椋代さんか勇一さん？）

なんらかの理由で、携帯電話が通じないのかもしれない。真子人は急いで受話器を取った。

「もしもし！」

『──椋代さんか』

日本語だった。聞き覚えのない嗄《しゃが》れた男の声が、耳にざらりと嫌な印象を残す。

「いえ……違いますけど」

咄嗟に上手い返事が思いつかなくて、普段間違い電話がかかってきたときのような返事をしてしまう。

『ああ……あんた、連れの若いのか』

嗄れ声が、耳障りな笑い声を上げる。

この部屋に椋代と一緒に泊まっていることを知っているのは、勇一だけのはずだ。ひょっとして日本からかかってきたのかとも思ったが、電話機のランプがこのホテル内の内線電話であることを知らせている。

背中に、つうっと冷や汗が流れる。

『僕、椋代さんに伝えてくれないかなあ。人の周辺をこそこそ嗅ぎ回るような真似はやめて下さい、ってね』

「……っ」

男のおどけたような口調に、すうっと血の気が退いてゆく。

がちゃんと通話が切れて、真子人ははっと我に返った。

――椋代が危ない。

この電話は、明らかに脅しだ。どういう事情かわからないが、椋代は今もこの男の身辺を探っている。それがばれたら、危険が及んでしまう――。

急いでTシャツの上にパーカーを羽織り、スニーカーを履く。

(椋代さんに知らせないと……っ！)

部屋から出るなと言われたことを思い出すが、今は緊急事態だ。携帯電話とルームキーを引っ掴んでカーゴパンツのポケットに突っ込み、廊下へ飛び出す。

小走りでエレベーターに向かいながら椋代の番号を呼び出すが、電源を切っているのか通じなかった。

じりじりしながらエレベーターの到着を待ち、酔っぱらって上機嫌の団体客がぞろぞろ降りるのを待って、エレベーターに飛び乗る。

（とりあえず一階だな）

カジノには入れないが、従業員に頼んで呼び出してもらうとか、何か方法はあるだろう。

一階に到着し、まずカジノへ急ぐ。入り口から首を伸ばして中を覗き込むが、見える範囲には椋代の姿はない。

『失礼、こちらは二十一歳未満のかたの入場はお断りしております。身分証をお持ちですか？』

さっそく従業員に声をかけられて、真子人は慌てて「違うんです、人を探してるんです」と訴えた。

「ええと、アイム・ルッキング・フォー……マイ・フレンド」

『身分証をお持ちでないなら、入場はお断りします』

従業員はにこやかな顔で同じセリフを繰り返した。ここには断固として入れないぞ、という強い意志が感じられる。

とりつく島もない、というのはこういう状態を言うのだろう。身振り手振りでどうにかなるかと思ったが、「人を探しているので協力して欲しい」という簡単な言葉さえ、真子人には伝える術《すべ》がなかった。

（うう……っ、もっと真面目に英語を勉強しておけばよかった……っ！）

こういうとき、自分の無力さを思い知らされる。兄なら英語できちんと説明できるだろうし、地塩なら平気で大人のふりをして潜り込むくらいの芸当はやってのけるだろう。

大急ぎで勇一の働いている日本料理店にも行ってみたが、店は既に閉店し、中は真っ暗だった。勇一の携帯番号は聞いていないので、連絡の手段もない。

（どうしよう……）

ロビーの他のショップを覗いて回るが、椋代はどこにもいなかった。何度も電話をしたので、携帯の電源を入れた椋代が気づいてくれるのを待つしかないのかもしれない。

それでも諦めきれず、真子人はもう一度ホテルの一階を見て回った。

（椋代さん……どこにいるんだよ……っ！）

一階を二周したが成果は得られず、真子人は正面玄関から外へ出た。噴水ショーはとっくに終わってしまったが、まだ結構な数の観光客が池の周りを取り巻いている。

深夜とはいえ、ラフな格好の年配の観光客がそぞろ歩いているのを見て少々安心し、真子人もその後ろについて歩くことにした。

（別のホテルに行ってるのかな……。勇一さんも一緒だといいんだけど）

椋代の腕っ節を信用していないわけではないが、ここはアメリカだ。マフィアだとか銃だとか、恐ろしい単語ばかりが頭に浮かんでしまう。

明々とネオンに照らされた遊歩道を歩くが、収穫はなかった。やがて道が二手に分かれ、真子人の前にいた団体客は隣のホテルへ通じる歩道橋を渡り始めた。

少し考えて、真子人は団体客と離れて一人で木立に囲まれた遊歩道に進むことにした。男からの電話が内線だったことを考えると、このホテル内にいる可能性が高い。

やがて前方に、ショッピングモールが見えてくる。

（あ、ここ、椋代さんと一緒に来た場所だ）

反対側から来たので気づかなかったが、ショーの前に妙な雰囲気になった……あの場所だ。

しかし今は感慨に耽っている場合ではない。

（ん……？）

前を一人で歩いていた男が、ふいに振り返る。

小柄だが胴体ががっちりと太く、ドラム缶を思わせる体型だ。顔つきから察するに、多分メキシコ人か南米人だろう。南米系が珍しいわけではなく、むしろここには大勢いるのだが……真子人は男の妙にこそこそした様子が気になった。

木立の遊歩道には男と真子人しかいない。男は後ろから歩いてきた真子人が気になって仕方がないようだ。

そっと傍のベンチに腰掛けて休憩するふりをする。すると、男は小走りで木立の闇の中へ消えていった。

(なんだありゃ……絵に描いたような胡散臭《うさん》さだろ)

今、このホテル内で妙な動きを見せている男を見逃すわけにはいかない。ベンチから立ち上がり、真子人は少し距離を置いて男の後を追ってみることにした。

男は建物に沿ってホテルの裏手へ向かっているようだった。ここまで来ると他に観光客はまったくいないので、尾行していることがばれないように極力気をつけなくてはならない。

やがてホテルの裏手の駐車場にたどり着く。宿泊客用ではなく、どうやら業務用車両や従業員用の駐車場のようだ。

車の陰に隠れながら、真子人は男を追った。

(ますます怪《あや》しい)

海外ドラマや映画で、よく夜の駐車場でドラッグの取引をしている場面がある。ほどよく薄暗くて隠れる場所がたくさんあり、後ろ暗いことをするにはうってつけの場所に見える。

しかし男は駐車場を通り過ぎて、ホテルの裏手にある鉄製の扉を開けて入っていった。

扉が閉まるのを確認してから、真子人も小走りで近づく。

鉄製の頑丈そうな扉には『STAFF ONLY』と書かれていた。あの男は従業員なのだろうか。

勝手に従業員口から入ったりして、もし誰かに見咎められたら……と躊躇《ちゅうちょ》する。

(……ええい、そんときはそんときだ!)

レバーを掴んで、ゆっくりと押す。オートロックかと思ったが、扉はすんなり開いた。

ごみの集積場なのか、饐《す》えた匂いが鼻をつく。

蛍光灯の切れかかった薄暗い室内に一歩踏み出した途端――真子人はぎょっとして目を見開いた。

ドアの陰に、先ほどの男がいた。男もびっくりしたようにあんぐりと口を開ける。

そしてもう一人、サングラスを掛けた、見覚えのある東洋系の男。

その手には、ビニール袋に入った白い錠剤のようなものが……。

「やれやれ、飛んで火に入る夏の虫、というやつだな」

男がにやりと笑って日本語で呟く。先ほど部屋にかかってきた電話の嗄れ声だ。

男が真子人に向かって一歩踏み出す。

(え……っ?)

何が起こったのか、わからなかった。

突然腹に激痛が走り、硬くて冷たい床に体を叩き付けられる。

しまった、と思うと同時に、真子人は意識を失った――。

＊＊＊

「すみません、せっかく来ていただいたのに。骨折り損でしたね」

「いや、気にするな。この件については、また近いうちに改めて出直す」

「真子人さんがご一緒だと、心配ですもんね」

「ああ……」

――池の畔《ほとり》の遊歩道。勇一と連れ立って歩きながら、椋代はため息交じりに返事をした。

ショーが終わった後、勇一から『佐藤がカジノに現れた』という連絡を受け、急いで駆けつけた。確かに佐藤はいたのだが、接触するタイミングを計っているうちに、従業員用の出入り口からするりと逃げられてしまった。

「こっちの顔は割れちまってるみたいだから、対策を立て直さねえとな」

「従業員の誰かもグルのはずですから、私はそっちから攻めてみます。ホテル側にとってもドラッグの売人が出入りしているのは不名誉なことですし、従業員もグルとなれば黙っていないでしょう。従業員のほうを突き止めれば、何かしら進展が望めると思いますんで」

「ああ、頼む。お疲れさん」

「失礼します」

ホテルの正面玄関に着く前に、さりげなく別れる。

腕時計に目をやると、午前三時。真子人はもう眠っているだろうか。

客室用のエレベーターに乗り込んで一人になり、椋代は大きなため息を吐き出した。

――今朝はつい暴走してしまった。

手を出すつもりはなかったのだが、真子人が無防備に抱きついてきて……理性のたががが外れてしまった。

真子人は今朝の一件が恥ずかしくてたまらないらしく、必死で何事もなかったかのように振る舞おうとし……そのぎくしゃくした言動がなんともいじらしくて、とても冗談めかしてからかう気になどなれなかった。

がしがしと髪を掻き上げて、椋代は今朝方の行為を後悔した。

大人の自分が、あそこで思いとどまるべきだったのだ。

あのまっすぐな瞳をした少年を、自分のようなヤクザ者が奪ってはいけない――。

(宿泊先を変えてでもツインにするべきだったな……)

上気した肌の感触が甦り、椋代の理性をぐらぐらと揺らす。今夜は何か理由を付けてソファで寝たほうがよさそうだ。

エレベーターを降り、廊下を歩いて部屋の前に立ってカードキーをかざす。

リビングは電気がつけっぱなしになっていた。真子人を起こさないよう、そっと室内に入る。

ドアの隙間からベッドルームを覗いて、椋代はぎょっとした。

ベッドはきちんとメイクされたままの状態で、使った形跡がない。踵を返して大股でバスルームに向かうが、そこにも真子人はいなかった。

「真子人……！」

血相を変えて、椋代は室内を探し回った。クロゼット、ベッドの下、ソファの陰……どこにもいない。

心臓が、やばいくらいに大きな音を立てている。

指先が冷たくなり、背中に冷や汗が噴き出す。

最悪のケースが頭を掠め、目の前が真っ暗になる――――。

はっと我に返り、椋代はスーツの内ポケットから携帯電話を取り出した。ずっと電源を切っていて、確認するのを忘れていた。

ずらりと並んだ、真子人からの着信履歴。

留守番電話が三件入っており、椋代は急いでボタンを操作した。

『もしもし、今どこにいんの？　さっき部屋に電話がかかってきて……知らない男の声で、これ以上自分の周囲を嗅ぎ回るなって伝えろって言われた。なんかやばいことに足突っ込んでるんだろ？　頼むから早く帰ってきて！』

『椋代さん、俺今一階のロビーにいるんだけど。これ聞いたらすぐに返事ちょうだい』

『もー！　どこにいるんだよ！　カジノにいるんだったらすぐ出てきてよ！』

真子人の声に、全身の血の気が退いてゆく。

「あの馬鹿……！」

叫ぶと同時に、椋代は部屋から飛び出した。走りながら真子人へ電話をかけるが、今度は真子人のほうが電話を切っているのか通じない。

まだ一階をうろついているなら、電源を切るはずがない。電話に出ないのは、何かトラブルに巻き込まれている可能性が高い。

宿泊している部屋に電話をかけてきたということは、佐藤は当然真子人のことも知っている……。

ぐらりと視界が揺れた。

地震でも起こったのかと思ったが、よろけたのは自分の足だった。

「くそ……っ」

震える足を叱咤《しった》して走る。

こんなにも息苦しい気持ちになったのは初めてだ。龍昇会の若頭として数々の修羅場《しゅらば》をくぐってきた自分が、たった一人の少年にこんなにも動揺させられるとは……。

エレベーターのボタンを押しながら、急いで勇一に電話をかける。

「勇一か？　すまん、ちょっとまずい事態だ。真子人が部屋から抜け出したまま帰ってきてないんだ。佐藤から俺宛てに脅しの電話がかかってきたらしい。奴とグルの従業員ってのは目星がついてんのか？」

勇一はすぐに状況を把握したらしく、一階で落ち合うことになった。ホテル内のレストランの従業員である勇一が一緒なら、部外者立ち入り禁止区域にも入りやすい。

やってきたエレベーターに飛び乗り、扉が閉まるのを待ちきれずに〝CLOSE〟のボタンを連打する。

もう一度携帯電話を見て、新着メールを見落としていたことに気づく。

『今ホテルの裏の駐車場　なんか怪しい人いる！』

文面を見て、椋代は思わずエレベーターの壁に拳を叩き付けた。

どうしてあの仔猫は、自ら危険に首を突っ込むのか……。

「――――勇一！」

レストランが立ち並ぶエリア、日本料理店の前で勇一と合流する。

無言で真子人からのメールを見せると、勇一もさっと顔色を変えた。

「まずいですね……裏の駐車場へ行きましょう」

頷いて、椋代は勇一の後を追った。着信から三十分以上経っているので同じ場所にとどまっているかどうかわからないが、手がかりを掴むにはそれしかない。

従業員用の駐車場は、表に比べると薄暗くて雑然としていた。フェンスの陰で勇一が立ち止まり、辺りを窺う。

「椋代さん」

ひとけがないのを確認して駐車場に踏み込もうとすると、そっと腕を掴まれた。

「――弾は全部で五発です」

勇一が、椋代の手に小型の拳銃を握らせる。見なくても、その手触りで以前使ったことのある型だとわかった。

勇一の目を見て頷き、スーツの内ポケットにしまう。

「怪しい車はありませんね……」

勇一が、何気なく歩くふりをしながら場内の車をチェックする。

「佐藤が使ってる従業員ってのは？」

「この車の持ち主です。車でどこかに連れ去られた可能性は低いですね」

勇一が、隅の暗がりに停めてある古ぼけたオープンタイプのスポーツカーを顎で指す。

「念のためトランクを」

「はい」

ポケットからペンライトと細い鉄の棒を数種類取り出して、勇一がトランクの前に跪《ひざまず》く。

勇一の手先の器用さは健在で、鍵はものの数秒で音を立てて外れた。その数秒ですらもどかしく、待ち構えていた椋代は乱暴にトランクの扉をはね上げた。

――いない。中にはがらくたが詰まっているだけだった。最悪の事態も想像していた椋代は、ほっと胸を撫で下ろした。

「佐藤の車はここには入れませんし、真子人さんを運び出すとなると人目に付きます。真子人さんが囚われているとしたら、ホテル内のどこかでしょう」

「行くぞ」

駐車場に面して、従業員通用口らしきドアは三つあった。勇一が左右に視線を動かす。

「真ん中はホテルのバックヤードで、IDカードがないと入れません。右は簡単に開けられますが、ごみ集積場があるだけで内部には繋がってません。左の、私らテナント用のバックヤードから潜り込むしかないですね」

念のためにごみ集積場も開けて中に誰もいないのを確認してから、椋代は勇一とともにテナント用の通用口から中へ入った。

ホテルの華やかな内装とは似ても似つかぬ、コンクリートが剥き出しのバックヤードを駆け抜ける。レストランはだいたい二十三時に閉店するので、誰にも見咎められることなく通過できた。

食材らしい段ボール箱が積み上げられた倉庫の一角、勇一が壁に立て掛けてあった数枚の板をどかす。板の陰から、錆《さ》びた鉄製の扉が現れた。オートロックではなく旧式のシリンダー錠で、観音開きの扉には大きな南京錠《なんきんじょう》もぶら下がっている。

扉に耳をつけて向こう側の物音を確認し、勇一が小声で囁く。

「ここは以前ホテルのバックヤードと繋がってたんですが、セキュリティ強化で行き来できないようになったんです。ここの鍵をこじ開ければ……」

再び勇一がしゃがんで、鍵穴をチェックする。椋代も隣に膝をつき、ペンライトを受け取って勇一の手元を照らした。

こちらは少々時間がかかったが、それでも五分ほどで鍵は二つとも外れた。

錆び付いた扉をゆっくり開けると、扉の向こうは明々と蛍光灯に照らされた廊下だった。すぐ傍に従業員用の休憩室があり、ガラス越しにディーラーかバーテンの男が二人、こちらに背を向けてテレビに見入っている後ろ姿が見える。

その前を素通りし、角を曲がる。ちょうど反対側の角を曲がってやってきた恰幅のいいガードマンが、二人を見るなり『おい！　どこから入ったんだ！　ここは立ち入り禁止だ！』と怒鳴った。

「椋代さん、あそこの階段から地下へ。私もすぐに行きます」

勇一が前を向いたまま早口で囁く。それから笑顔を作って両手を上げ、『すまない、ケヴィンを探しているんだ。あんた知らないか？』と言いながら男に近づいた。

『ケヴィン？　あいつなら……』

全部言い終わらないうちに、男がどさりとくずおれる。当て身一発、叫び声を上げる隙さえ与えない、見事な仕事だった。

男が倒れると同時に、椋代は階段へ向かってダッシュした。休憩室にいた男たちが侵入者に気づいたらしく、背後で何やら怒声が聞こえたが、構わず階段を駆け下りる。

ここは勇一に任せて、一刻も早く真子人を探したほうがいい。

地下は巨大な迷路だった。蟻《あり》の巣のように縦横無尽に通路が張り巡らされ、ずらりと並んだドアにはＩＤカードを照合する機械が取り付けられている。深夜だったのが幸いし、途中で二人ほどに見咎められただけで、銃は使わずに済んだ。しかし廊下に伸びている同僚を見つけた誰かが警察に通報するのは時間の問題だろう。

ようやく扉の付いていない階段を見つけ、駆け上がる。

階段を上りきったところで、足元に何かが落ちていることに気づく。

「……！」

——シルバーのペンダントトップ。小さな長方形のありふれた形だが……椋代が見間違えるはずもなかった。

間違いない。真子人がいつも身につけていたペンダントだ。

もう青ざめている余裕はない。

奥歯を噛み締め、椋代は知らず知らずのうちに獣《けもの》のような唸り声を上げていた。

＊＊＊

がちゃん、という耳障りな音で、真子人ははっと目を覚ました。

寝返りを打とうとして、自分が温かく快適なベッドではなく、冷たくて硬い床の上に寝ていることに気づく。

（……あれ？　ここどこ？　俺今、椋代さんとラスベガスに来てるんだよな……？）

空気がやけに生臭い。この独特の匂いはいったいなんだろう。

ばさばさと鳥が羽ばたく音、鳩《はと》が鳴く声、なんだかわからないが動物の鳴き声も交じっている。まるでペットショップのような賑やかさだ。

辺りを見回そうとするが、真っ暗で何も見えない。しばらくして、自分が何か毛布のような大きな布ですっぽりと覆われていることに気づく。

（なんで俺こんなところにいるんだろう……）

寝起きの頭は朦朧《もうろう》としていて、ひどい頭痛がしている。

しかも、体がまったく動かない。まるで両手両足を縛られているみたいに――――。

（――そうだ！　俺、椋代さんを探しに行って……っ！）

声を出そうとするが、口には猿ぐつわを嵌《は》められていた。両手両足も、ロープでがっちりと縛られている。

自分は捕まってしまったのだ。怪しい男を追いかけて、ドラッグの受け渡しの現場を目撃してしまい……。

――やってしまった。椋代に迷惑をかけまいと思っていたのに、最悪の形で椋代の仕事の邪魔をしてしまった。後悔と自責の念が、胸の中に苦く広がる。

（ここ……どこなんだ？　ホテルの中？）

ホテル内に、動物を飼っている場所はなかったはずだ。車に乗せられて遠くに運ばれた可能性もある。

いったいどれくらい気を失っていたのか、見当が付かない。手を縛られているので腕時計を見ることもできないし、カーゴパンツのポケットに入れていた携帯電話も、落としたか奪われたかでなくしてしまったようだ。

（椋代さん……！）

ぎゅっと目を閉じて心の中で名前を叫ぶ。

留守番電話に入れたメッセージは聞いてくれただろうか。しかし携帯電話をなくしてしまった今、椋代とは連絡の取りようがない。

なんとかして、ここから逃げる手段を考えなくては――。

「ウウ……」

「!?」

真横で誰かの呻《うめ》き声が聞こえて、真子人は毛布の下でぎょっとして目を見開いた。

「グググ……」

呻き声ではない。何か……動物の唸り声だ。

（なっ、なんだ⁉　何がいるんだ⁉）

耳を澄ますと、ハッ、ハッ、という荒い息遣いも聞こえる。今まで寝ていた何かが起きたらしく、うろうろと歩き回っている気配が伝わってくる。

犬や猫といった身近な動物ではない。もっと大型の……そう、例えば動物園にいるような。

（もしかして、ショーに出ていた動物⁉）

そういえば、マジックショーにはたくさんの白鳩が使われていた。そして豹、ライオン、虎――。

（まっ、まさか、俺、マジックショーの猛獣の檻《おり》に閉じ込められてんのか⁉）

全身から嫌な汗が噴き出す。両手両足を縛られている状態で、ライオンか虎と同じ檻に入れられているのかと思うと、生きた心地がしなかった。

「ガウウーッ」

猛獣が吠《ほ》え、前足で檻をがしがしと叩き始める。頑丈な檻が揺れる震動が体に伝わってきて、真子人は文字どおり震え上がった。

（嫌だああっ！　虎だかライオンだか知らねえけど、頼むから落ち着いてくれーっ‼）

ショーの猛獣なら充分餌《えさ》をもらっているだろうが、たまには違った味のおやつも食べたくなるかもしれない。毛布の下で体を丸め、真子人は石のように硬直して、どうか猛獣が自分に気づきませんようにと必死で祈った。

「ウウ……ガルル」

檻を叩くのに飽きたのか、やがて猛獣は大人しくなった。

どうやら真子人が閉じ込められている檻とは別の檻に入れられているようだ。もし同じ檻だったら、匂いですぐに気づかれるだろう。

（よ、よかった……いくらなんでも、猛獣の檻に人間を突っ込んだりしないよな！）

とりあえず命の危険はないようで、ほっと胸を撫で下ろす。多分、真子人を隠す場所に困って空いている檻に突っ込んだのだろう。

（さて、まずは縛られてる手をどうにかしねーと）

マジックショーの楽屋なら、ホテル内であることは確実だ。この檻さえ抜け出せたら、なんとか自力で戻れるような気がする。

毛布の下から這い出そうと、真子人はごそごそと身じろぎした。獣の匂いが染み込んだ毛布はかなり大きく、おまけにずっしりと重みがあってなかなか外に出られない。

「……！」

倉庫に誰かが入ってくる足音がして、真子人はぎくりと体を竦ませた。

自分を捕らえた男だろうか。敵か味方かわからないので、毛布の下でじっと息を潜める。

『おいおい、誰だよ、ソフィアをこの檻に入れたのは』

（――――!!）

アンディの声だった。

何を言っているのかわからないが、このハスキーで甘い声は彼に間違いない。

『ディエゴめ、この檻は鍵ががたついてるから使うなってあれほど言ったのに。まったくあいつときたら……』

何やらぶつぶつ文句を言っているような雰囲気だ。鍵束がじゃらじゃらいうような音が聞こえ、隣の檻の猛獣が盛んに鳴き始める。先ほどまでと違って甘えたような声なのは、アンディに懐いているからだろう。

『よーしよし、今広い檻に移してやるからな』

（どうしよう……）

真子人には、アンディが敵なのか味方なのかわからない。真子人を閉じ込めた男とグルだという可能性もある。

（もしかしてアンディが首謀者とか……？　あり得ない話じゃないよな？）

美しきマジシャンが、その美貌と華麗な手腕でラスベガスの裏社会に君臨《くんりん》する——映画やドラマならありそうな話だ。

しかしのんびりした口調に、悪意はないように感じられる。どういう状況かわからないが、猛獣に餌をやりに来たとかそんな印象だ。

（あ、でも、もしアンディが犯人だったら当然俺がここに閉じ込められてるって知ってるはず

だよな)

知らないということは、アンディは無関係なのだろう。

これは助けを求めるチャンスだ。思い切って真子人は毛布の下でごそごそ動いて、ここにいることをアピールした。

鍵を開ける音、檻を開ける音。自分がいる檻なのか猛獣の檻なのかわからないが、アンディが複数の檻を開けている。

『ほら、出ておいで……そうそう、いい子だ。よーしよし』

猛獣が喉をごろごろ鳴らしているのが聞こえる。よほどアンディに懐いているのだろう。

「んーっ、んーっ!」

猿ぐつわを嵌められたまま、真子人は必死で声を上げた。しかし分厚い毛布と騒々しい鳩の鳴き声に掻き消され、なかなか気づいてもらえない。

アンディは、動物たちのために明かりをつけていないようだった。檻の隅にぐしゃっと丸まっている毛布までは目が届かないのかもしれない。

『ソフィア、ここにお入り』

アンディが猛獣を穏やかに促す。

真子人には状況がわからないので、いったい何が行われているのだろうと怯えた。

「……っ!」

がちゃん、と扉の閉まる音がして、鍵が掛けられる。真子人のいる檻なのか、別の檻なのか……音だけではわからなかった。

『おやすみ、ソフィア』

アンディの靴が、かつかつと高らかな音を響かせて遠ざかっていく。

（待って……！　気づいてくれよ……！）

渾身《こんしん》の力を振り絞って爪先で床を打ち鳴らすが、真子人の努力も空しく、倉庫の扉が閉められる音がする。

（あああ……行っちゃった……）

がっくりと床に俯せになり、真子人はため息を漏らした。猿ぐつわのせいで、ため息すらまともにつくことができない。

さてこれからどうしよう、と考え始めたところで、不穏な気配にぎくりとする。

「ウウ……グルルル」

——猛獣の唸り声が、さっきよりも近くで聞こえる。

まるで、すぐ傍にいるような……。

「……!!」

毛布の上から何かに小突かれて、真子人はびくんと体を震わせた。

猛獣が、自分の檻の中にある不審物を確かめるように、前足で真子人の背中や尻を踏みつけている――――。

全身の血が凍りつき、心臓が口から飛び出しそうになる。

毛布越しのその感触は、大型犬の肉球よりも遥かに大きくて力強かった。

虎か、ライオンか――――ここから抜け出すよりも先に、獰猛《どうもう》な肉食獣に食べられてしまうかもしれない――――。

(うわあああ!!)

より詳しく調べることにしたのか、猛獣が前足と口を使って毛布を引っ張り始めた。

重たい毛布がずるずると引きずられ、視界が開けてくる。

「……っ!!」

真子人の体に乗り上がって顔を覗き込んでいるのは、巨大なホワイトタイガーだった。

薄闇の中、水色の瞳が爛々《らんらん》と輝いて真子人を興味深げに見下ろしている。

ショーで見てもその大きさと迫力に驚いたのに、こうして至近距離で対峙すると、もう真子人ごときがどうあがいても敵わない相手だとよくわかる。

温かくて生臭い息を顔に吹きかけられ……真子人はふっと気が遠くなった。

いっそのこと、気を失ったほうがいいのかもしれない……。

(――――ひえええええ!!)

気を失いかけた真子人を、ざらりとした大きな舌が現実に呼び戻す。

虎に顔をべろべろと舐め回され、真子人は目を見開いて固まった。

（あ、味見してんのか……⁉）

真子人の味が気に入ったのか、虎は涎を垂らしながらごろごろと喉を鳴らしている。

「ググ……ガルル」

真子人は虎の生態に詳しくないので、この虎がご機嫌なのか虫の居所が悪いのか、満腹なのか空腹なのかさっぱりわからない。

（かっ、噛みつかれる……！）

顔を舐められながら、長引く恐怖に必死で耐える。

「！」

倉庫の扉が開く音がして、誰かが電気のスイッチを入れる。

助かった、と思ったのも束の間。首を捩って倉庫に入ってきた人物を見て、真子人は再び絶望の淵に突き落とされた。

「おや、どうした。虎の檻に入れるよう指示した覚えはないんだがな」

真子人をボディーブロー一発で沈めた男——サングラスの嗄れ声の男が、腕を組んで可笑しそうに笑う。

その後ろから、一緒にいたドラム缶のような体型の男もおどおどしながらついてきた。

『ディエゴ、おまえ入れる檻を間違えたな。どうも迂闊でいかん。素人に尾行されて、商品の受け渡し場所に連れてきちまうくらいだからなあ』

ディエゴと呼ばれた男が、甲高い声で何か言い訳をする。多分、「自分はちゃんと空の檻に入れた」と主張しているのだろう。

男の登場に気が立ったのか、虎が唸り声を上げながら檻の中をうろうろ歩き始める。

更に煽るように、男が檻を足でがつんと蹴る。虎は恐ろしい咆哮《ほうこう》を上げて檻に飛びつき、男に牙《きば》を剥いた。

「……っ」

間近でその筋肉に覆われた巨体が躍動するさまを見せつけられ、真子人は声もなく震えた。いくら人に懐いていても、虎は猛獣だ。飼育員や調教師でさえ襲われるケースがある。ましてや自分は虎にとっては闖入者《ちんにゅうしゃ》で、両手両足を縛られた状態で……。

「俺が手を汚さなくても、虎が始末してくれそうだな。馬鹿な日本人観光客が虎に触ろうと勝手に檻に入って噛まれて死亡、ってわけだ」

ぞっとするようなセリフを吐いて、男が酷薄な笑みを浮かべる。日本語が理解できないのであろうディエゴは、男の背後でおろおろしながら二人を見比べるばかりだ。

「さてと……あんたを拉致《らち》する予定はなかったんだが、せっかくわざわざお越し下さったんだしな。椋代との取引に使わせてもらうとするか」

男がポケットから真子人の携帯電話を取り出して開く。

(俺のせいで椋代さんが不利になる……!)

自分は足手まといにしかならない。椋代の言うとおり、何があっても部屋にいるべきだったのだ……。

「ああもしもし、椋代さんか。今こっちにあんたの連れの若い奴が来てるんだ。迎えに来てやってくれないかねえ」

男はひどく上機嫌だった。自分が優位に立っていることを確信しているのだろう。

電話の向こうで椋代がなんと言っているのか聞き取ろうと耳を澄ますが、何も聞こえない。

「……ああ、そういうことだ。取引してやるって言ってるんだよ。こいつと引き替えに、俺の商売を嗅ぎ回るのをやめてもらおうか」

やはり椋代の仕事の邪魔をしてしまう結果になってしまった。

申し訳なくて、自分が情けなくて、涙が込み上げてくる。

「ああ? なんだって?」

男が突然声を荒げたので、真子人はびくっとした。

電話の向こうで、椋代が何か言っているらしい。黙って耳を傾けていた男が、みるみる険しい表情になっていく。

無言で通話を切り、男は真子人を見下ろした。

「おい、兄ちゃん。椋代は取引に応じないんだとよ」

「――――！」

苦々しげに吐き捨てられた男の言葉に、真子人は大きく目を見開いた。

――椋代は、自分を助けに来てくれると思っていた。

なぜなら、自分は地塩の大事な恋人の弟だからだ。責任感の強い椋代は、由多佳から預かった真子人を見捨てたりはしないだろう、と。

「まったく、冷たい男だよ。あんたも可哀想になぁ」

取引の不成立に苛立っているのか、男が虎を煽るように再び檻を蹴る。

檻の中をうろついていた虎が男に向かって牙を剥くが、真子人はもう虎どころではなかった。

(椋代さん……っ)

涙が堰《せき》を切ったように溢れ出る。

悲しくて胸が張り裂けそうだった。

椋代に見捨てられた――。

……いや、そうではない。自分が迂闊にも捕まったせいで、椋代を難しい立場に追い込んでしまったのだ。

組を取るか、真子人を取るか。椋代も簡単に答えを出したわけではないだろう。

椋代は何よりも組の仕事を優先せざるを得ない。それはわかっていたはずなのに……。

(俺が余計なことをしたせいで……っ)

後悔と自責の念に、心を押し潰されそうになる。

もう会えないかもしれない……。

もう一度、会いたい。

「兄ちゃん、あんたえらく綺麗な顔してるな。なかなかそそる泣き顔だ。虎に食わせるのはもったいないかもなあ」

真子人が泣き出したのを見て、男はにやにやと薄気味悪い笑みを浮かべた。

おぞましい表情に背筋を凍らせたそのとき――。

「――動くな」

ぴんと張り詰めた空気を、鋭い声が引き裂いた。

耳に馴染んだ声。横たわったまま、声の主へ視線を向ける。

(椋代さん……!)

倉庫の入り口に現れたのは、椋代だった。薄暗い照明のせいか、ひどく顔色が悪く見える。

その手には黒光りする拳銃が握られており、銃口はまっすぐに売人の男に向けられていた。

「……おや、取引には応じないんじゃなかったのか」

男が、真子人の携帯電話を持ったまま両手を上げる。男も当然銃を持っているのだろうが……携帯電話を操作していたせいで、取り出すタイミングを逃したようだ。

しかし怯えている様子はまったくなく、薄笑いを浮かべているのが不気味だった。

対照的に、ディエゴは両手を高々と掲げ、哀れっぽい声で命乞いを繰り返している。どうやらディエゴのほうは使い走りらしく、こういう場合にはまったく役に立たないようだ。

椋代が、一歩一歩踏み締めるようにこちらに近づいてくる。

「ああ、お断りだ。取引はしねえが、そいつは連れて帰る」

椋代の言葉に、真子人は胸が詰まる思いだった。

椋代が助けに来てくれた――。

たとえそれが保護者としての責任感からの行動だとしても、椋代が来てくれたことがこんなにも嬉しい。

檻の中で手足を縛られてのたうつ真子人を見下ろし、椋代が顔を歪める。

虎は椋代がやってきたことでますます気が立ったらしく、盛んに唸り声を上げて檻を揺らしている。

「鍵はどこだ」

男のこめかみに銃口を押しつけて、椋代が素早く男の懐を探って小型の銃を奪う。

男は両手を上げたまま、わざとらしく肩を竦めた。

「あいつは今気が立ってる。檻を開けたらずたずたにされるぞ。虎の餌食になるのは、一人で充分だろ」

牙を剥く虎を顎で指し、男はせせら笑った。

男が言い終わるか言い終わらないかのうちに椋代の顔色がさっと変わり、男の胸ぐらを掴んで床に叩き付ける。悲鳴を上げたのは、ディエゴのほうだった。

「――鍵は、どこだ」

椋代が、もう一度同じセリフを口にする。

仰向けに倒れたまま、男が携帯電話を持っていないほうの手をゆっくりと開いた。

その手に握られていた鍵を奪い取り、椋代が男の指をあり得ない方向へ捻り上げる。

「うああ……っ」

指を二、三本へし折られたらしい男が、初めてその顔から余裕をなくして苦悶《くもん》の声を上げた。

椋代が檻の鍵をがちゃがちゃと回す。虎が怒り狂って檻に激しく体当たりする。

(椋代さん、危ない！　危ないってば！)

いつも冷静な椋代らしからぬ慌てように、真子人のほうが気が気ではなかった。

銃を奪って指を折ったとはいえ、男にはまだ反撃の余地がある。ディエゴだって、怯えて竦んでいるのは演技かもしれない。

それに男の言うとおり、今檻を開けたら危ないのは椋代のほうだ――。

鈍い音を立てて、錠が外れる。

鍵を引き抜いて椋代が扉を開けると同時に、猛然と虎が飛び出す。

それを間一髪で避けて、椋代はひらりと檻の上に飛び乗った。

「真子人……！」

檻の外へ突進していった虎をやり過ごし、入れ替わりに椋代が檻の中へ飛び込む。

「大丈夫か！」

椋代に抱き起こされ、真子人は何度も大きく頷いた。

「……っ！」

息が止まるほど強く抱き締められ、目を見開く。

「無事でよかった……！」

耳元で、椋代が声を絞り出すようにして呟いた。

椋代のそんな声を聞いたのは初めてだ。「ごめんなさい」と言いたいのに、猿ぐつわのせいで謝ることもできない。

そして何よりも、抱きつくことができないのがもどかしくてたまらない。

『おいディエゴ！　早く虎を檻に入れろ！　早く！』

さすがの男も飛び出してきた虎に怖じ気づいたらしく、手を庇いながら必死で近くの檻によじ登る。

『ソフィア、こっちだ、ここに入るんだ』

ディエゴが、まるで犬か猫でも呼ぶように口笛を吹く。人間に対してはおどおどしているが、虎の扱いは堂々としたものだった。多分ここの飼育員なのだろう。手慣れた様子で空の檻の扉を開けて、虎を中へ追い込む。

……ふいに、がちゃんと耳障りな音が響いた。振り向くと、いつの間にか檻から降りてきた男が、真子人と椋代が入っている檻の錠を下ろしている。

「椋代さんよ、あんたヤクザ稼業から足を洗ってすっかり甘ちゃんになっちまったな。昔のあんたは、最後の最後まで絶対に油断しなかった」

男が、ディエゴの懐から奪うようにして拳銃を手にし、檻の中の椋代に銃口を向ける。

「拳銃と檻の鍵、ああ……それと携帯電話を檻の外へ投げろ」

「………………」

椋代が、言われたとおりに拳銃二丁と鍵、携帯電話を一つずつ柵の間から床へ滑らせる。すべて檻の外に出たのを確認してから、男が拳銃を下ろしてサングラスを外した。

頬の肉がそげた、険のある顔立ち。年齢は五十歳前後だろうか。右の眉と瞼の間に、特徴のある傷痕が横に走っていた。

椋代が軽く目を見開いて、男の顔をまじまじと見つめる。

「……杉島《すぎしま》さんだったのか……。あまりにも変わっちまったんでわからなかったぜ」

杉島と呼ばれた男が、肩を揺すって笑う。

「ああ、少し顔弄ったしな。前より男前になっただろ。近々この傷も綺麗に取っ払う予定だ」

「やばいことやってクビになったとは聞いていたが、まさかアメリカでドラッグの売人に転職していたとはな」

「色々あって、日本にいられなくなったんでね」

「なぜうちの組を騙《かた》った」

「十数年前、あんたんとこの組長がここらのマフィア相手に作った貸しが、いまだに効いててな。おかげで龍昇会と名乗るだけで仕事がしやすい」

「うちは綺麗さっぱり足洗って、今じゃクリーンな合法企業だ。そういうことをされると非常に困るんだがな」

サングラスを掛け直し、杉島がふふんと鼻で笑う。

「すっかり立場が逆転だな。やっと仕事が軌道に乗ってきたところでね。邪魔されたくねえんだよ」

「あんたの仕事を邪魔するつもりはない。組の名前を騙るのをやめてくれりゃそれでいい」

「今更そういうわけにはいかねえのは、よくわかってんだろ。この世界、信用が第一だ」

二人の会話を、真子人ははらはらしながら見守った。杉島は椋代と自分と、いったいどうするつもりなのだろう。

「あんたたちをこのまま日本に帰すわけにはいかない。そっちの綺麗な兄ちゃんはいくらでも買い手がつきそうだ。椋代さん、あんたは性奴隷《せいどれい》向きじゃないから臓器かな」

……嫌な予感が的中する。男のおぞましいセリフに、真子人は胃の腑がすうっと冷えるのを感じた。

「……ずいぶんと落ちぶれたもんだな」

「ああ。こっちに来てから、俺もすっかり感覚が麻痺《まひ》しちまってなあ」

杉島がにやりと笑おうとし……しかし指が痛むのか、引きつったような表情になる。

「今夜中に業者を手配する。まあせいぜい今生《こんじょう》の別れを楽しむんだな。ディエゴ！」

ディエゴに椋代が投げた拳銃二丁と携帯電話、鍵を拾うよう命じ、杉島が手を押さえながら背中を向ける。言われたとおりに床に落ちたものを回収し、ディエゴもその後に続く。

——倉庫の扉が閉まり、檻の中に椋代と二人きりになる。

「…………」

椋代が、まず猿ぐつわを解いてくれる。

「ぷは……っ」

大きく息を吸い込み、真子人はけほけほと咳《せ》き込んだ。

椋代が手足を拘束していたロープも解いてくれたが、手も足もすっかり痺れてなかなか感覚が戻ってこない。なんとか鉄柵に掴まって体を起こし、檻にもたれるようにして座る。

椋代も、真子人の隣に座り込んだ。

「大丈夫か」

「……っ」

言いたいことはたくさんあったのに、殺されるかもしれないという恐怖に駆られて言葉が出てこなかった。

がくがくと震える真子人を、椋代がしっかりと抱き締める。

「心配するな。あいつが言ってたような目には遭わせない」

「ん……」

椋代の声が密着した体から直に伝わってきて……椋代に再会できた喜びがじわりと胸に広がってゆく。

恐怖感はまだ完全には拭いきれないが、愛しい男の胸に抱かれて、真子人はぼろぼろと溢れてくる涙を抑えることができなかった。

「グルル……」

椋代と真子人が気になるらしく、元どおり隣の檻に入れられた虎が、鉄柵の隙間に鼻を突っ込んでこちらを見ている。先ほどまでの興奮状態は収まったようで、盛んに喉をごろごろ鳴らしていた。

「……虎の檻に入れられてるおまえを見たときは、生きた心地がしなかった……」

「ご、ごめん、俺……っ」

「謝るな。おまえをこんなことに巻き込んじまったのは俺だ」

「でも、俺が部屋から出なければ……っ」

「いいんだ。こうして無事だったんだから。まずはここから抜け出す算段をしねえとな」

そっと真子人の体を引き剥がし、椋代が立ち上がって檻の内部をチェックする。鉄柵の隙間から手を出して鍵に触れ、指先で丹念にその構造を調べ始める。

椋代の体温を失って、真子人はぶるっと体を震わせた。

(うう……俺、どうかしてる。そんな場合じゃねえのに、もっと抱き締めてて欲しい……)

よろよろと鉄柵にもたれながら立ち上がり、椋代の背中に倒れ込むようにしがみつく。

「おい……」

椋代が、驚いたように振り返った。

広くて逞しい背中に頬をすりすりと擦りつけ、真子人は懇願《こんがん》した。

「お願い、ちょっとだけこのまま……」

椋代がゆっくりと体を反転させて、正面から真子人を抱き締める。

「……怖い思いさせちまったな」

しかしそれは恋人同士の抱擁というよりは、少し距離のある抱き締め方だった。大きな手は背中に回されているが、宥《なだ》めるようにさするだけで、それ以上は抱き寄せてくれない。

まるでぐずる子供をあやすような抱き方は、全然物足りなくて……。

「そうじゃなくて……っ」

もっと、骨が軋《きし》むほどきつく抱き締めて欲しい。

互いの体温が重なり合って一つになるような、大人の抱擁をして欲しい。

(俺、椋代さんのこと、すげー好きだ……！)

ずっと椋代のことばかり考えていた。椋代の体温が、愛おしくてたまらない。

「おい、真子人……」

椋代の困ったような声を遮るように、真子人は椋代の首にしがみついてぐいと引き寄せた。

――椋代の唇に、自らの唇を押しつける。

無我夢中だった。キスの手順などわからないので、自己流の拙《つたな》いやり方だ。

椋代の少しかさついた唇が、真子人の柔らかい唇をちくちくと刺激する。

(もっと、舌絡めるようなのしたい……っ)

互いに貪《むさぼ》り合うような濃厚なキスをしたいが、真子人には唇を押しつけるだけで精一杯で、どうしていいかわからなかった。

椋代に肩を掴まれて、引き剥がされる。

濡れた唇が外気に晒《さら》され、一気に冷たくなる。

「椋代さ……っ」

熱っぽく潤んだ瞳で、真子人はキスをねだった。

椋代が表情を歪め、低く唸る。

「んん……っ！」

——待ち望んでいた、濃厚なキス。

檻に背中を押しつけられ、首をがっちりと掴まれて上向かされて、口の中に舌を突っ込まれる。

(う、うわ……っ)

いきなり押し入ってきた椋代の熱い舌に、真子人は目を白黒させた。

口腔内の粘膜を隈《くま》なくまさぐられ、驚いて逃げ惑う舌を捕らえられ、きつく吸われ……。

(え、ちょ……キスってこんなエロいの⁉)

椋代のキスは、真子人の拙いキスとは比べものにならなかった。動物的で情熱的で、性欲の匂いのする大人のキスに、頭がくらくらする。

「……んっ、んうーっ」

息が苦しい。急速に熱くなる体に戸惑い、真子人はギブアップを訴えるように椋代の肩を小刻みに叩いた。

「ぷは……っ」

ようやく解放されて、肩を上下させて喘ぐ。

「………すまん」

嫌がっているのかと思ったのか、椋代が気まずげに真子人の濡れた唇から視線を逸らす。

「……ち、ちが……っ」

慌てて真子人は椋代の胸にしがみついた。

「……お、俺、こういうの慣れてないから……、もうちょっと手加減して……」

はあはあと荒い息を吐きながら告白すると、椋代がふっと笑う気配がした。

「悪い。そうだな……お子様には刺激が強すぎたな」

「……子供扱いすんなよ」

「俺から見たら子供だ」

「……俺じゃだめ？　その気にならない？」

椋代が、言葉を失ったように真子人の顔をまじまじと見つめる。

「おまえ……何言ってるのかわかってんのか」

「わかってるよ。椋代さんこそはぐらかさないでよ」

「…………」

意を決して、真子人は大きく息を吸い込んだ。

「俺――――椋代さんのことが好きだ」

椋代が、驚いたように目を見開く。

「い、言っとくけど、恋人としてつき合いたいっていう〝好き〟だからな」

椋代は返事をしなかった。真子人の目を見つめて、何か言いかけては口を噤む。

その様子が、どうやって断ろうかと考えているように見えて……新たな涙がぶわっと噴き出した。

「なんか言えよ！」

「おまえは一時の感情に流されているだけだ。俺がああいうことをしちまったからそういう気になっているだけで……」

「馬鹿にすんなよ！　俺だって自分の気持ちくらいちゃんとわかってる！　こ、これは一時の感情なんかじゃねーし……っ、だって俺、ああいうことされる前から、椋代さんのこと、好きだった……っ」

威勢のいい言葉とは裏腹に、語尾が震えてしまった。

気が高ぶって、涙が次から次へと零れてしまう。

――そうだ。なかなか自分の気持ちに気づかなかったけれど、自分はもうだいぶ前から椋代に惹かれていた。椋代のことばかり考えて、その言動に一喜一憂していた。

椋代が困ったように視線を逸らし……低い声で呟く。

「……おまえ、俺の背中見ただろ」

椋代が言おうとしていることを察して、真子人は泣き腫《は》れた目できっと椋代を睨みつけた。

「見た上で好きだって言ってんだろ！」

「俺はこういう男だ。おまえの気持ちには応えてやれない」

椋代の言葉を遮るようにして、真子人は叫んだ。

「そんなの聞きたくない！　ああもう、ぐちゃぐちゃうるせえ！」

だんだん椋代の態度に苛立ってきて、真子人は椋代の胸ぐらを掴んで突き飛ばした。

「おい……っ」

不意を突かれてよろめいた椋代を毛布の上に押し倒し、馬乗りになって見下ろす。

「椋代さんは狡《ずる》い。ああいうエッチなことはするくせに、俺が告白したら逃げようとしやがる。俺のことどう思ってんのか、はっきり言えよ！」

「………」

椋代の目がすっと眇められる。

「おまえは本当に……俺がどんだけ必死で抑え込んできたか、全然わかってねえ……」

地の底から響くような声でそう言って……椋代が真子人の腕を強く引く。

「え？　うわあっ！」

今度は真子人が毛布の上に転がされる。

力の差は歴然としていた。椋代の突然の反撃に為《な》す術もなく、真子人は両手をがっちりと押さえつけられてしまった。

椋代が真子人を見下ろし……熱を帯びた双眸で、涙で濡れた瞳を射抜く。

「おまえ、本気で俺とつき合う気あんのか」

「さっきからそう言ってんじゃん！」

「俺とつき合うってことがどういうことか……わかってんのか」

「わかってる……っ」

みっともないほど泣きじゃくりながら、真子人は何度も頷いた。

苦悶とも微笑ともつかない表情を浮かべ、椋代が声を絞り出す。

「真子人……俺もおまえにどうしようもねえほど惹かれてる。この俺が、誰かのためを思って身を引こうとするなんて初めてだ……」

椋代の言葉に、真子人は大きな目を更に大きく見開いた。

今の言葉は、本当だろうか。都合のいい幻聴《げんちょう》ではないか……。

「──愛している」

「……っ」

その言葉が幻聴ではない証拠に、その言葉と同じ熱を持ったキスが降ってきた。

情熱的で、激しくて、そして──優しい。

「全部俺のものにする……いいな?」

唇を合わせたまま囁かれ、真子人は首を竦めるように小さく頷いた。

「……ん、……あ……」

さっきよりもゆっくりと丁寧に口腔内をまさぐられて、甘い吐息が漏れる。

じんわりと体の芯が熱くなり、胸が苦しいほど疼く。

「ん……ん、あっ、ああ……っ！」

最初のキスですっかり高ぶっていた体は、瞬く間に絶頂に上り詰めた。

自分でもびっくりするほど呆気なく、下着の中で熱い精液が迸る。

頬を上気させてびくびくと背中を震わせる真子人に、椋代も何が起こったかすぐに気づいたようだった。

「いっちまったか？」

「あ……やっ、さ、触るな……っ」

射精の余韻で、体がひどく敏感になっている。今椋代に触られたら、気持ちよすぎてどうにかなってしまう……。

しかし甘く蕩けそうな声でそんなことを言ったところで、開き直った椋代が聞き入れてくれるはずもなかった。

「……あっ」

Tシャツを喉元までたくし上げられ、カーゴパンツを引きずり下ろされる。

恥ずかしい。なのに、椋代に見られてますます興奮している――。

「……おまえ、これはエロすぎるだろ」

椋代が、上擦った声で呟く。

おそるおそる見下ろすと、白いビキニタイプの下着がぐっしょりと濡れていた。伸縮性のある薄い生地に、ペニスの色と形がくっきりと透けている。

あまりにも卑猥なその光景に、真子人は慌てて濡れた場所を両手で覆い隠した。

しかし椋代に手を掴まれて、あっさり引き剥がされる。

「み、見るなよお……っ」

「こんなエロい下着穿いといて、見るなと言われてもな」

「あ、あ……っ」

指先で濡れた膨らみをつつかれて、真子人はびくびくと内股を擦り合わせた。

椋代には一度直に触られているが、こうやって下着越しに弄られるほうが何倍も恥ずかしいような気がする。

「珍しいな。おまえがこんな下着穿いてるなんて」

「……だ、だって、色気がないとか言うから……っ」

白いビキニは、テーマホテルの観光中に立ち寄ったショップでこっそり買ったものだ。

普通だったらまず買わないタイプの下着だが、椋代に柄物のボクサーブリーフは色気がないと言われたことを思い出し……友人たちへの土産に紛れ込ませて購入した。

せっかくの大人っぽい下着なのに、あっけなく漏らして汚してしまった自分が恥ずかしい。

「俺に見せるために用意したのか。それなら尚更、よく見せてもらわねえとな」

「そ、そういうわけじゃ……っ」

根元の二つの玉をぷにぷにと弄ばれ、裏筋をつうっとなぞられる。

「ああ……っ」

布越しなのに、たまらなく気持ちいい。指の腹で亀頭をくりくりと撫でられ、ますます染みが広がってゆく。

「あ、もう……っ、そんなのいいから早く脱がせろよお……っ」

「脱がせていいのか」

「ん……、早くセックスしたい……！」

真子人のストレートな言葉に、椋代が苦しげに表情を歪める。

「そんながっつくな。ここから出たら嫌ってほどやってやるから」

「今したいんだってば！」

「おまえなあ……色々準備しねえと痛えぞ」

「痛くてもいいからしたい！　だって、もしかしたら俺たち……最後かもしれないじゃん！」

ぼろぼろと涙を溢れさせて、真子人は椋代の腕に縋《すが》りついた。

——自分たちは、檻の中から脱出できるという保証はないのだ。椋代が一緒だから恐怖を忘れていられるけれど、真子人は決して楽観視しているわけではない。

「………わかった。ちょっと痛いかもしれねえけど我慢しろ」

椋代が体を起こし、真子人の腰を跨《また》ぐように膝立ちになる。スーツの上着とワイシャツを乱暴に脱ぎ捨てて、逞しい上半身が露わになる。

こうして正面から椋代の裸を見たのは初めてだ。がっしりした広い肩、厚い胸板、引き締まった腰。そして――――ズボンの中心の、はち切れんばかりの膨らみ。

椋代が、ゆっくりとベルトを外す。ぱんぱんに膨らんでいるせいでファスナーが引っかかって、下ろすのに少々手間取る。

「あ……」

グレーのボクサーブリーフを、猛々しい勃起が突き上げていた。真子人同様、伸縮性のある布地は性器の形をくっきりと浮かび上がらせている。雁《かり》の形まではっきりわかるその卑猥さに、真子人は思わず目を逸らしてしまった。

「見ろ……俺のも濡れてる」

椋代のいやらしいセリフに、どきどきしながら視線を戻す。

先端の亀頭を覆う部分は布地が限界まで伸びて、じっとりと先走りの染みを作っていた。

「……っ」

かあっと頬が熱くなる。無意識に、真子人はもじもじと太腿をすり寄せた。

いつの間にか、下着の中でペニスがまた頭をもたげ始めている……。

椋代が、真子人に見せつけるように下着を下ろす。

（うわ……）

ぶるんと勢いよく飛び出した大きなペニスに、目が釘付けになる。

椋代とは性器を擦り合わせたことがあるのでその大きさや質感は知っていたが……こうしてはっきりと見たのは初めてだ。

色も形も、真子人のものとは全然違う。ずっしりと重たげな玉袋、血管の浮いた太い竿、そして一際張り出した亀頭は、信じられないほど大きくて……。

（で、でかいし、なんか……）

成熟した大人の牡の性器はあまりにも淫猥だった。目を逸らしても、網膜に焼き付いてしまった残像がちかちかちかする。

「ひゃ……っ」

椋代にビキニを引きずり下ろされて、真子人は驚いて変な声を上げてしまった。

白濁に濡れた、初々しいピンク色のペニスがぷるんと飛び出す。

自分では標準サイズだと思っていたが、椋代のものを目にした今、一気に自信をなくしてしまう。

「男のものなんか興味はなかったんだが……おまえのこれは可愛いな」

「かっ、可愛い⁉」

聞き捨てならないセリフに、真子人は椋代を睨みつけた。

椋代が、口元に笑みを浮かべて真子人の太腿を抱えて大きく脚を開かせる。

「ああ、可愛いは失礼だな。綺麗でびっくりした。こんなちんちん初めて見た」

「……そそられる？」

気になって、真子人は訊いてみた。ゲイではない椋代が本当のところはどう思っているのか知りたいし、この体で欲情してもらえるのかどうか不安だった。

しかし……脚を開いて、再び勃起したペニスをゆらゆらと揺らしながらそのようなことを問うことが、椋代をどれほど欲情させているのか真子人はわかっていなかった。

「ひあっ、あ、ちょ、ちょっと……っ」

いきなり椋代に腰を引き寄せられ、真子人は慌てた。

椋代の猛々しい勃起が、真子人のそれに当たる。

「――あんまり煽るな。これでもすげえ抑えてるんだ……」

真子人の首筋に顔を埋め、椋代が苦しげに呻く。

「抑えなくていいよ……その、俺初めてだからいちいちびっくりしちまうけど、今猛烈に椋代さんとセックスしたいから……」

「……敵わねえな、ほんと」

椋代が、真子人の肩口で大きく息を吐く。

「初めてなのに、こんな場所でいいのか」

「いい。早くしたい……」

熱に浮かされたように、真子人は椋代に脚を絡めた。

椋代が、ゆるゆると腰を動かしてペニスを擦り合わせる。真子人の精液と椋代の先走りが混じり合い、ぬちゃぬちゃと濡れた音を響かせる。

「椋代さん……っ、そ、それじゃなくって……入れるの、したい」

「わかってる」

椋代が体を起こし、真子人の脚を持って膝を割り広げる。赤ん坊がおむつを替えられるときのような恥ずかしい格好だが、早く繋がりたい一心で羞恥に耐える。

「ん……っ」

椋代の太い指が、肛門の入り口をなぞる。真子人が漏らした精液や自身の先走りをたっぷりと絡め、きゅっと締まった皺を丁寧に解すように塗り込める。

「あ、ああ……っ」

精液のぬめりを借りて、指がつぷりと肛門に押し入ってきた。

まだほんの浅い場所だが、異物を入れられる感覚は思っていた以上に抵抗がある。

「痛いか?」

椋代が指を止めて気遣わしげに尋ねる。

その問いに、真子人は首を横に振った。

「大丈夫……もっと奥まで掻き混ぜて……っ」

「おまえなあ……どこでそんなセリフ覚えてくるんだ」

「あ、あ……っ」

指が小刻みに中を掻き混ぜながら、じわじわと奥に入ってくる。

（どっかに……気持ちよくなる場所があるはず……っ）

――真子人は、つい最近まで男同士でアナルセックスができることを知らなかった。

そのことを知ってしまったのは、兄と地塩がきっかけだった。二人がつき合うようになり、大事な兄が地塩といったい何をやっているのか気になって、ネットカフェでその手のサイトにアクセスし、知ってしまった。

兄が一方的に痛いことをされているなら断固として地塩と闘うつもりだったが、男同士のセックスで双方が快感を得られることを知り……地塩とのデートから帰ってきた兄がいつも満たされた表情をしているのを見て、セックスに関しては口出ししないことに決めた。

そのときに得た知識で、真子人は男が前立腺で感じることを知っている。

「……ああっ！」

ふいに訪れた感覚に、真子人は思わず声を上げた。

（い、今の、何⁉）

初めて味わう妙な感覚だった。気持ちいい、とははっきり言えない。けれど、快感に繋がる何かが潜んでいたような気がする。

「ここか」

椋代の指が、再び真子人が反応した場所をまさぐる。

「ああっ、あ、な、何⁉　あああーっ！」

くすぐるように刺激されて、真子人はそれがはっきりと快感に変わるのを感じた。

亀頭の割れ目から先走りが溢れ、ぎこちなかった粘膜がとろとろと蕩けてゆく。

「すげえな……ここ弄ったら、中が一気にほぐれて柔らかくなった」

椋代には、真子人の中の粘膜の変化が丸わかりなのだろう。感じていく過程を知られるのは恥ずかしい。けれど、椋代によって開発されているのだという悦びが胸を満たす。

「ひああ……っ、あ、椋代さん、また出るから、もう……っ」

中は充分解れたから、早く椋代に来て欲しい。

挿入をねだるように、より大きく脚を広げて腰を浮かせる。

「俺ももう限界だ……」

椋代が、自身の太い竿を握る。先走りで濡れた大きな亀頭を、真子人の蕩けた蕾《つぼみ》に押し当てる。

淫らな期待に、真子人は全身を桜色に上気させて喘いだ。

（あ……椋代さんのが入ってくる……っ）

粘膜を掻き分けて、亀頭がぐっと中に押し入ってきた。

しかし、さすがに指のようにはすんなりいかない。特に先端は大きく笠が広がっており、初めて男を受け入れる初々しい蕾には、その直径は凶悪なほどだった。

「あ、あうう……っ」

少々馴らしたところで、無理やりこじ開けられる痛みがなくなるわけではない。椋代に限界まで広げられ、真子人は額に汗を浮かべた。

「大丈夫か？　痛いなら……」

「だめ、やめないで……っ」

「無理するな、これから何度だって機会はある」

「うるせ……っ、ごちゃごちゃ言ってないで、もっと入れる努力しろ……っ！」

息も絶え絶えに悪態をつくと、椋代がぷっと噴き出した。

「おまえは本当に……。わかった。ちょっと気持ち悪いかもしれんが我慢しろ」

「え……？」

椋代が、亀頭を半分ほど納めたところで腰を前後に動かし始める。

「あ、んっ、な、何？」

「中、入れやすいように濡らしてやる」

「え？　あ、ああ……っ！」

狭い穴の中に、熱い液体が大量にぶちまけられる。

椋代が真子人の蕾に栓《せん》をするようにあてがって、中に射精したのだ。

真子人の肛門に亀頭を突き立てたまま、太い竿を扱《しご》いてすべてを中へ注ぎ込む。

(椋代さんのが、中にいっぱい……っ)

精液を注ぎ込まれて、中がびしょ濡れになるのがわかる。

「ひあああっ、ああーっ！」

椋代が、一気に中に押し入ってきた。ずるりと奥まで入ってきて、長大なペニスを根元までぴったりと納める。

一度射精して、少し縮んだのがよかったのかもしれない。硬さは保ったままだが、最初のままの大きさだったら初心者の真子人には到底受け入れられなかっただろう。

「大丈夫か？」

椋代が動きを止めて、真子人の汗ばんだ額に張りついた前髪を優しく掻き上げる。

「全部入った……？」

「ああ、全部入った」

「ほんとだ……全部入ってる……」

中で、椋代がどくどくと脈打っている。

その感触を堪能《たんのう》したくて、無意識に粘膜をきゅうっと収縮させて、硬くて太いペニスを食い締める。

「っ、おい、そんな煽るな……っ」

「え？　あ、うわ、ちょっと……っ」

中で、椋代が再びむくむくと勃起する。

「ああ、な、中でおっきくなってる……っ！」

「ああ……わかるか？」

狭い肛道《こうどう》を、中からぎちぎちに押し広げられる感触が、たまらなく気持ちいい。

「あ……あ、すごい……っ、一旦小さくしといて中でおっきくするとか……椋代さんてすげーテクニシャン？」

「馬鹿。俺もこんなの初めてだ」

「んん……っ、すげえ気持ちいい……」

椋代に抱きついて、真子人は愛しい男と一体になった悦びを味わった。

体も心も満たされて、セックスとはこんなにも気持ちいいものなのかと感動する。

「真子人、動いてもいいか」

「うん……っ」

椋代が、ゆっくりと腰を引く。

その瞬間、中の粘膜を引っ掻かれる感触に、真子人は驚いて叫び声を上げた。

「ひあっ！　やっ、待って、なんかぞわっとした……っ！」

「痛かったか？」

「違う、そうじゃなくって、さ、先っぽが……」

「これか？」

もう一度椋代が奥まで戻り、それからゆっくりと腰を引く。

「ひあああっ、あ……ああっ」

あられもない声を上げて、真子人はびくびくと身悶《みもだ》えた。雁の部分が粘膜に引っかかるように擦れて、先ほどまでとは比べものにならないような快感が生まれる。

「な、何これ、あ、ああっ」

「気持ちいいか？」

「ん、んっ、気持ちいい……っ、あああ……！」

椋代が、雁で前立腺を集中的に攻める。

中に入っているだけでも気持ちよかったのに、太くて硬いもので擦られる快感はそれを遙かに上回り……。

「あ、あっ、あああ……っ！」

椋代に中を突かれながら、真子人は射精した。椋代の激しい腰使いに、真子人のペニスはぷるんぷるんと前後に揺れながら精液を迸らせる。

自分は今、椋代と交わっている。

大好きで愛おしくて、ずっと一緒にいたい男と――――。

初めてのセックスは、体と心が満たされる、たまらなく気持ちいい行為だった。

「真子人……！」

椋代が一番奥まで押し入り、今度は深い場所で射精する。

（あ……椋代さんが、俺の中で精液出してる……っ）

熱い奔流《ほんりゅう》を体の奥で感じながら……真子人は官能の余韻に浸った。

「グルル……グル……」

虎が、檻の中をうろうろと歩き回っている気配がする。オス同士で盛り始めた人間に呆れたのか、セックスの間はこちらに背中を向けて寝そべっていたが……真子人の喘ぎ声がうるさくて、おちおち寝ていられなかったようだ。

脱ぎ散らかした服を拾って慌ただしく身につけながら、真子人は幸福感を噛み締めた。

（椋代さんとくっついちゃった……）

抑えようとしても、ついつい口元が緩んでしまう。

「真子人、体大丈夫か」

先に服を着終わった椋代が、めくれ上がったTシャツの裾を直してくれる。

「えっ、ああ、うん」

椋代を受け入れた場所が、まだじんじんしている。痛みが少々、そしてそれ以上に快楽の名残が粘膜を疼かせている。

「ひあ……っ」

椋代の指先が項に触れて、真子人は首を竦めた。

セックスを終えたばかりの体はまだ火照《ほて》っていて、ちょっとした刺激で再び燃えさかりそうな熱を孕《はら》んでいた。

「そんな声出して煽るなよ」

「い、いや、煽ってるわけじゃ……っ」

「続きは部屋に戻ってからだ。足腰立たなくなるまでやってやるから覚悟しろ」

「もう……親父くせえこと言ってんじゃねえよ」

真子人の悪態に椋代が小さく笑い、檻の扉の前にしゃがんで鉄柵の隙間に手を入れる。

「鍵、こじ開けるの？」

「ああ……いや、扉ごと外したほうが早いかもしれん」

「……ええっ⁉」

椋代が、扉の蝶番《ちょうつがい》に取り付けられたボルトを指さす。

「これは動物用のケージだからな。外側からのガードは厳重だが、内側から見たらごく単純な造りだからどうにかなるだろ。ドライバーがあれば一発なんだが……」

「なんか代わりになるようなものないかな」

真子人も檻の周りをぐるりと見渡し、鉄柵の隙間から手を出して届きそうな場所に何かないかと探し回る。

「ああ、そういや……」

椋代がポケットから取り出した銀色のペンダントトップを見て、真子人はあっと声を上げた。

「それ、俺の？　どこで落としたんだろ……全然気づかなかった」

「バックヤードに落ちてた。こいつのおかげでおまえの居場所を突き止めることができたんだ」

「そっかあ。兄ちゃんのおかげだな」

「由多佳さんの？」

「うん、これ兄ちゃんからの入学祝いのプレゼント」

でれっと相好を崩すと、椋代が僅かに眉間に皺を寄せる。

「……ドライバー代わりに使えそうだな」

「えっ、……う、うん、まあいいけど……」

「ここから出たら新しいの買ってやる」

くるりと背を向けて、椋代がペンダントトップの角の部分をボルトの溝に当てる。

椋代の言葉を反芻《はんすう》し……真子人はじわっと胸が熱くなるのを感じた。

（俺たち、恋人同士になったんだなあ……）

一つ目のボルトが、ようやく緩み始める。時間はかかりそうだが、脱出の希望が見えてきてほっとする。

視線を感じて振り返ると、虎がじっとこちらを見ていた。水色の目が、アンディの瞳の色とよく似ている。そっと檻に近づいて、小声で「うるさくしてごめん」と謝る。

「ガルル……」

虎はふんと鼻を鳴らして一声吠えた。まるで「いいから早く出てってくれ」とでも言いたげな態度だ。

「そういえば、さっき俺が閉じ込められてるときにアンディが来たよ。俺、毛布の下に押し込まれてたから気づいてもらえなかったけど」

「ここはアンディのショーの楽屋だからな。もう一回来てくれるとありがたいんだが」

頑丈なボルトはしっかりと締まっているようで、ドライバー代わりのペンダントではなかなか歯が立たないようだった。

それでも不思議と不安や恐怖は感じなかった。椋代と一緒なら、なんとか乗り切れる気がする。

「あのさ、あの杉島って人、知り合いだったの？」

乱れた髪を手櫛で直しながら、真子人は椋代の傍にしゃがんでさっきから気になっていたことを口にした。

「ああ。元刑事だ」

「ええっ？　刑事⁉」

杉島の意外な過去に、真子人は驚いて声を上げた。てっきり椋代の元同業者……ヤクザだと思っていた。

「ああ見えて結構なエリートだぞ。まあ刑事時代から多少ああいう部分があったけどな」

「へえ……そういや英語もぺらぺらっぽいよね……」

「……真子人。おまえに話しておきたいことがある」

ふいに椋代が手を止めて、真子人のほうへ向き直った。額に乱れ落ちた髪を掻き上げて、言いにくそうに口を開く。

「前に、留学してたって言ったあれな、嘘だ」

「………」

椋代が過去を告白しようとしていることに気づき、真子人は黙って話の続きを待った。

「俺の親父は元弁護士で……一時期は事務所を構えて羽振りもよかったんだが、前にも言ったっけな、博打《ばくち》で身を持ち崩してな」

椋代が、カジノには行かないと言っていたときのことを思い出す。

「破産して路頭に迷うだけならよかったんだが、あろうことか、当時顧問弁護士をやっていたとある暴力団の金をがっぽり使い込んじまって、日本にいられなくなっちまってな。俺が小学生のとき、一家で夜逃げした。つてを頼ってたどり着いた先は、ロサンゼルス近郊の小さな町だった」

「そうだったんだ……」

道理で、やけにアメリカの流儀に慣れているわけだ。椋代の英語が、大人になってから習ったものではなく子供時代に身についたものだと知って、真子人は大いに納得した。

「親父もさすがに懲りて博打は一切やめて、ダウンタウンの食料品店の店員から出直した。そのうち独立して夫婦で小さな日本料理の店を始めたんだが、軌道に乗りかけたところであっさり二人とも事故で逝《い》っちまった」

「……そうなんだ」

「親父もお袋もアメリカでの生活が合ってたみたいで、永住権の申請までしてたんだがな」

「お父さんがお金使い込んだ暴力団って、今どうなってるの？」

椋代がくくっと喉の奥で笑う。

「それが、嘘みてえな話なんだが……親父が巨額の金をネコババしたせいで、組が傾いちまってよ。誰かが親父とグルなんじゃないかって疑心暗鬼も手伝って、ガタガタに弱体化したところを、敵対していた龍昇会が一気に叩き潰した」

「……それって、結果的に椋代さんのお父さんがきっかけを作ったっていうか……」

「ま、そうとも言えるな。こっちの生活に馴染めなかった俺にとっても、龍昇会がその組を始末してくれたおかげでようやく日本に帰ることができた」

扉をこじ開けるのは無理だと判断したのか、椋代が壁伝いに何か抜け道はないかと探る。

「両親が死んだ後、身寄りのない俺を龍門の親父さんが面倒見てくれることになって、あの家で暮らし始めて……親父さんは別に組に入るように強制したわけじゃないんだが……ま、俺にはあの世界の水が合っていたってことだ」

椋代の話が、次第に歯切れが悪くなる。ヤクザ時代の話はあまり聞かせたくないのだろう。

(過去の話はいいや。俺は今の椋代さんが好きなんだし、色々あって今の椋代さんなんだから)

椋代の腕にしがみついて、体をすり寄せる。

「じゃあさ、子供のときの地塩を知ってるんだ」

「ああ。お目付役歴は結構長い」

「地塩の子守とか……椋代さん、苦労してきたんだね……」

冗談めかして言うと、椋代がふっと笑って真子人の額を小突いた。

「ああ。これからはおまえの子守だしな。苦労が絶えん」

「けっ。もう子供扱いはさせねえぞ。これからは彼氏だし……むぐっ」

「……しっ」

ふいに椋代に口を塞がれて、真子人はぎくりとした。

倉庫の扉の鍵ががちゃがちゃと音を立てて、ゆっくりと開く。

「おい椋代、業者の手筈《てはず》が整ったぞ！」

――杉島だ。手には銃を持っている。

こちらに銃口を向けながら、用心深く一歩一歩確かめるように檻に近づいてくる。

「……まずはそっちの兄ちゃんからだ。椋代、檻の隙間から両手を出せ」

懐から手錠を取り出して、杉島が命令する。椋代を鉄柵に拘束して、その間に真子人を連れ出そうというつもりなのだろう。

「……っ」

椋代に腕を掴まれて背後に押しやられ、真子人はよろめいた。

大きな背中が目の前に立ちはだかり……椋代が盾《たて》になってくれているのだと気づく。

「む、椋代さん……っ」

「心配するな。おまえには指一本触れさせない」

「危ねーよ……！」

「いいから下がってろ」

前を向いたまま、椋代が小声で囁く。

「ほお、身を挺して守るとは意外だな。ひょっとしておまえらできてんのか」

杉島が、脅すようにカチリと音を立てて安全装置を外す。

「ああ。ようやくものにしたところだから、渡すわけにはいかねえな」

椋代のセリフに、真子人と杉島は同時に目を見開き……杉島は耳障りな笑い声を上げた。

「はっ、こりゃ驚いた！　まさかおまえが男に走るとはな！」

（椋代さん……っ）

椋代の背中の陰で、真子人はがくがくと震えた。

椋代のワイシャツの背中にも、じっとりと汗が滲んでいる。

勝算はあるのだろうか。もし椋代が撃たれてしまったら――。

真っ青になって、真子人は椋代の胸に手を回すようにしてしがみついた。

「椋代さん、お願い、あいつの言うとおりにして……っ」

「だめだ！　あいつには絶対渡さねえ！」

「だけど……っ」

杉島が、椋代の心臓に狙いを定める。

隣の檻では、気が立った虎が盛んに檻に体当たりを繰り返している。

がしゃーんと大きな物音がして、真子人は「ひっ」と叫んで体を硬直させた。

――銃声ではない。

隣の檻の鍵が外れ、扉が音を軋ませてゆっくりと開いたのだ。

「うわあ！」

予想外の出来事に、杉島も驚いたように叫んだ。慌てふためいた様子で、檻からのしのしと出てきた虎に銃口を向ける。

虎は水色の目を爛々と輝かせ、杉島に向かって牙を剥き……。

「――――‼」

真子人がぎゅっと目を閉じると同時に、倉庫に耳をつんざくような銃声が轟《とどろ》いた。

どこからか大勢の人が走ってくるような物音が聞こえるのは、幻聴だろうか……。

『動くな！　警察だ！』

「遅えよ……」

椋代が呟く声に、真子人はへなへなとその場にへたり込んだ。大勢の警官、そしてその後ろから勇一が駆け込んでくるのをぼんやりと見つめる。

杉島が発砲した弾は、虎には当たっていなかったようだ。気を失ったのか、それとも虎に蹴り倒されたのか、杉島は床に仰向けに伸びていた。

少し遅れて、プラチナブロンドの髪をなびかせてアンディも現れる。

『誰かと思ったら、あんたたちだったのか。まったく、夜中に叩き起こされてみりゃ……』

真子人と椋代をちらりと一瞥し、ふんと鼻を鳴らす。

『俺の大事なソフィアは無事か！　ソフィア！』

「ガルル、ガウウーッ」

倉庫の隅の暗がりから、虎が返事をする。虎も、いきなりどかどかと現れた人間たちに驚いたのだろう。

『ソフィア！　大丈夫か！』

どうやらアンディにとっては虎が最優先らしい。ブーツの踵《かかと》を高らかに鳴らして、アンディはホワイトタイガーの元へ駆け寄った。

それを見届けて……真子人はふっと気が遠くなるのを感じた。

「もう大丈夫だ」

床に倒れ込む手前で、大きな手が支えてくれる。

その手に寄りかかって、真子人は安堵の吐息を漏らした――――。

5

「遅くなってほんとすみませんでした。杉島がカジノの従業員を使っていることは把握してたんですが、マジックショーの動物飼育員も手下にしていたことには気づかなくて……」

勇一が、しきりに恐縮する。

「気にするな。真子人も俺も無事だったたし、杉島も逮捕されたことだし。虎にも怪我がなかったしな」

——日光が差し込む、明るい病院のロビー。時計は午前八時を少し過ぎたところだ。

警察で事情を訊かれた後、念のため病院へ搬送《はんそう》された真子人と椋代は、軽いすり傷や打撲《だぼく》の手当を受けた。

すべてが終わって、ようやく紙コップのコーヒーと、勇一が買ってきてくれたドーナツにありつくことができた。

二人の会話を聞きながら、真子人はドーナツを貪った。コーヒーをお代わりして、三つ目のドーナツに手を伸ばす。

「杉島っていう刑事、私は全然記憶になかったですよ……」

「ああ、面識なくて当然だ。杉島が刑事をやってた時期には、おまえはまだ正式な組員じゃなかったからな。向こうも勇一のことは知らなかったし、元龍昇会の人間がこのホテルの日本料理店にいるって知ってたら、杉島だってここで龍昇会を名乗ったりしなかっただろう」

「そうですね……いやほんと、せっかくのご旅行が台無しになってしまって申し訳ないです」

勇一が真子人に頭を下げる。

「そんな、いいですってば。こういう経験ってなかなかできないし、それに……」

この一件のおかげで、椋代と恋人同士になることができた。

もそもそとドーナツを咀嚼《そしゃく》しながら、真子人は椋代の横顔を盗み見た。恋人になった実感が、じわじわと湧き上がってくる。

「おまえも仕事があるんだろ。俺たちはもう大丈夫だから帰っていいぞ」

「椋代さんたちは今日はどうされるんです?」

「うーん……真子人、グランドキャニオン行きはキャンセルでもいいか?」

椋代に問われ、真子人はドーナツを咥えたままこくこくと頷いた。

「多分今日は一日寝倒す……」

「そうだな。夜にはまたおまえの店に顔出すよ」

「ぜひ、そうして下さい。今夜はしゃぶしゃぶのテーブルを予約しておきましょう」

「わーい、しゃぶしゃぶ!」

真子人の脳天気なセリフに、椋代と勇一が顔を見合わせて笑う。

「なんか、真子人さん見てたら弟に会いたくなっちまいましたよ……。近いうちにこっちに呼ぶことにします。兄弟二人、力合わせてやっていきます」

「ああ。勇太の作った飯を食えなくなるのは痛手だがな。奥さんも料理が苦手ってわけじゃねえし、坊ちゃんにも近々嫁が来るし、いつまでもうちに縛られてるこたあねえよ」

「ちょっと待て、坊ちゃんの嫁ってのは兄ちゃんのことか⁉」

「他に誰がいるんだ」

「そーだけど、でも、嫁とか言うなあああ！」

「そんじゃ私はこの辺で失礼します」

龍門家の男嫁話にはついていけないとばかりに、勇一が笑顔のまますっと立ち上がる。

「あ、ありがとうございます！　ドーナツご馳走さまです！」

勇一を見送り、椋代と二人きりになる。

「さてと……俺たちもホテルに帰るか」

「うん。帰ったらまず風呂に入りてー」

口の周りについたチョコレートを拭いて、真子人はうーんと大きく伸びをした。

甲斐甲斐しく紙コップとドーナツの袋を片付ける椋代を見て、無性に甘えたい気分になる。

「椋代さん、お風呂一緒に入ろうか」

「……おまえなあ……」

「いーじゃん！」

駄々をこねるように言うと、椋代が苦笑した。


「ふうう……」

ホテルのバスルーム。広々したバスタブで足を伸ばし、真子人は大きく息を吐いた。

「おまえ、それなんか親父くせえぞ」

向かい合わせにバスタブで脚を伸ばしている……いや、こちらはバスタブでは伸ばしきれなくて膝を立てている椋代が、可笑しそうに笑う。

「えっ、まじ？　あー、そういや前に勇太さんにも言われたんだよなあ」

湯の中で椋代の脚に自分の脚を絡めながら、真子人はくすくすと笑った。

「今後は勇太と一緒に風呂入るの禁止だ」

「えっ、なになに？　さっそく焼き餅？」

バスタブの縁を掴んで身を乗り出すと、椋代に額をピンと弾かれてしまった。

「いてっ！」

「馬鹿。そうじゃなくて、そんなキスマークだらけの体、人目に晒すわけにはいかねーだろ」

「え、あ……」

首筋から胸、脇腹、太腿にかけて、いくつも鬱血《うっけつ》の痕が散らばっている。

「こ、これはちょっと……やりすぎだろ」

改めて椋代につけられた痕を見下ろして、頬が熱くなる。特にキスマークが集中している胸を隠すように、真子人はずぶずぶと湯に潜った。

――バスタブに入る前、体を洗われながら散々指と唇で愛撫されてしまった。

敏感な乳首が、触られていないのにずきずきと疼いている。

「次からは手加減してやるさ」

椋代が声を立てて笑い、湯が揺れる。

「もう……全然反省してないし……」

唇を尖らせるが……恋人同士になった今、こんな他愛のない会話が嬉しくて仕方ない。

「……真子人」

「んー？」

椋代がふいに真顔になる。

「足を洗ったとはいえ、俺にはまだ組時代の仕事が少し残ってる」

「うん……」

「だが信じて欲しい。それは龍昇会を合法的な企業にするための仕事であって、おまえに言えないような類の仕事じゃない」

「うん……わかってる」

ざばっと音を立てて体を起こし、真子人は椋代の胸に倒れ込むようにして抱きついた。

「もう二度とおまえを危険な目に遭わせない……」

耳元で囁かれて、体と心が蕩けてゆく。

椋代の肩に手を回し、真子人はその薄い唇に自らのぽってりとした唇を押しつけた。

キスはすぐに深く激しくなり、互いの唇を貪り合う音が浴室に淫らに響く。

「……ねえ椋代さん、一個訊いていい？」

「なんだ」

長いキスの後、真子人は息を弾ませながらおずおずと切り出した。

「あのさ……椋代さんって…………真珠《しんじゅ》入れてるの？」

「…………はあ？」

椋代が心底怪訝そうな声を出し、眉間に皺を寄せる。

「いや、だってほら、そういう話聞いたことあるからさ」

椋代とセックスした後……高校生のときに同級生が「ヤクザってちんこに真珠入れてるらしいぞ」と言っていたのを思い出したのだ。

「……まったく、何を言い出すかと思ったら……」

「だって……中ですげーぐりぐりしたんだもん」

椋代がはあっと大きなため息をついて額に手を当てる。

「おまえなあ……風呂場でそういうのぼせちまうようなことを言うな……」

「で、どうなんだよ？　入れてんの？」

「入れてねえよ」

「ほんとに？」

椋代が苦笑して、ざばっと音を立ててバスタブから立ち上がる。

「う、うわっ」

腋《わき》の下に手を入れられて湯から引っ張り上げられ、バスタブの縁に座らされる。

ちょうど目の前に椋代の半勃ち状態のものが揺れていて、真子人は視線を彷徨わせた。

「よく見ろ」

「ん……」

意を決して、目の前の一物に焦点を合わせる。

黒々した繁みから突き出した性器が、真子人の目の前でむくむくと膨らんで形を変えてゆく。

「う、うわ、ちょ……っ」

「触ってみろ」

椋代に手を取られ、そこへ導かれた。

初めて触れた、自分のものとは違う質感にくらくらする。

「あ……」

真子人が触れた途端、ぶるんと上向きになり、どんどん硬く太くなってゆく。

他人のペニスが勃起するところを見たのは初めてで……しかも恋人になったばかりの男のそれとあっては、真子人も冷静ではいられなかった。

(す、すごい……なんか触ってるだけで、俺……)

無意識に、もじもじと腰を揺らす。先ほどのキスで、真子人のそこもすっかり高ぶっていた。

「あ……っ」

目の前で、椋代のペニスが完全に勃起する。

こうして間近で見ると、その形状はひどくエロティックだった。

「わかるか？　真珠なんて入ってないだろ」

「うん……」

太い茎を右手でそっと握って、ゆっくり上下に動かしてみる。裏筋や浮き出した血管の感触が、生々しく指に伝わってくる。

「ここだ……これが当たってたんだろ」

「……っ」

椋代が、大きく張り出した亀頭と太い竿の境目の部分に真子人の指を導く。

(すごい段差がある……俺のなんか全然ないのに)

真子人のペニスはつるりとしていて、先端もほとんど段差がない。自分のものとは全然違う雁高のペニスを、夢中になって指でまさぐる。

(ここでぐりぐりされちゃったんだ……こんなすごいので……)

中を擦られたときの感触と興奮が甦り、息が乱れる。

「あ……っ」

椋代の大きな亀頭の割れ目から、透明な先走りが溢れ出した。

「真子人……そろそろやばい」

「……俺も……っ」

横抱きに抱き上げられて、真子人は椋代の首にしっかりとしがみついた。

(う、うわ、なんか新婚さんみたい……)

いわゆるお姫様抱っこに、どきどきしてしまう。

ベッドルームに運ばれて、キングサイズのベッドの上にそっと下ろされる。

「ん……っ」

のしかかってきた椋代にキスされて、真子人は唇を開いて舌を誘い入れた。

舌を絡ませ、椋代のがっしりした首に両手を回し……互いの硬い高ぶりを擦り合わせようと脚を絡ませる。

「……あっ、……ん」

椋代の唇が、顎から喉、鎖骨へと下りてくる。小さくキスされるたびに、新たな快感がさざ波のように広がってゆく。

「……ん……んんっ⁉」

椋代の唇が、平らな胸の上でこりこりと凝っている部分を捕らえる。

いつの間にか尖っていた乳首をねっとりと舐められ、真子人は慌てて体を起こした。

「そっ、そこはしなくていーだろ！」

「感じるからか？」

椋代が真子人の両肩を掴み、やんわりと……しかし力強くシーツに押さえつける。

「違う！　そーじゃなくて、男なのにそんなとこ弄るの変だろ……っ！」

再び唇で愛撫され、真子人はびくびくと背中をしならせた。

「や、やーめーろおっ！」

渾身の力で暴れて、椋代の手を振り解いてベッドの上を這うように逃げる。手近にあった枕を掴んで、真子人は胸をガードするように抱き締めた。

「ち、乳首なんか弄らなくったってできるだろ！」

「なんだその反応は。そこが一番感じますと白状してるも同然じゃねーか」

「ち、違う！」

必死で否定するが、今こうして枕が当たっているだけでもじんじん疼いている。

――――椋代の言うとおりだ。初めて弄られたときもそうだったが、乳首がひどく感じてしまうので恥ずかしい。

（だって、普通男はこんなとこ感じないよな⁉）

……前から少々その傾向はあった。自慰のときに指先で凝った乳頭を弄び、くすぐったいような快感を密かに愉《たの》しんでいた。

けれど、椋代に弄られたときの快感はその比ではなく、それだけで射精してしまいそうなほど強烈で……。

（一人エッチのときに胸弄ってるの、知られたくない……っ）

好きな人だからこそ、恥ずかしい性的嗜好《しこう》は知られたくなかった。

膝を抱えるようにして、椋代を睨みつける。

「わかった。もう触んねーから。来い」

「…………」

椋代にそっと腕を掴まれて、ゆっくりと枕を手から放す。

（檻の中でしたときはTシャツ着たままだったからよかったけど……）

本当はつんつんと凝っているところを見られるのも恥ずかしいのだが、仕方がない。

ちらりと見下ろすと、淡いピンク色の乳輪の中心に小さな丸い肉粒ができていた。

（うう、エッチのときは取り外してどっかに隠しときたい）

椋代の視線を感じるだけで、乳頭がいやらしく震えてしまう。

見られないようにするために、真子人は思い切って自分から椋代に抱きついた。

「は、早く……っ」

ペニスはもうはち切れんばかりだった。体の奥も疼いて、先ほど目にした猛々しい勃起を欲しがっている。

挿入をねだるように脚を広げ、椋代のいきり立ったペニスに裏筋を擦りつける。

「あっ、や、何してんだよ……！」

椋代にしっかりと抱き寄せられて真子人はびくびくと震えた。

乳首が、椋代の胸板に擦れている。弾力のあるこりこりした感触が、きっと椋代にも伝わってしまっている……。

「い、嫌だ……っ」

「ったく、なんでそんなに嫌がるんだ」

へろへろと体の力が抜けてしまった真子人を、椋代がゆっくりと仰向けに横たえる。

「ひああっ！　あ、あっ、ああ……っ」

懲らしめるように二つの乳首を指先でぎゅっと摘まれ、コップの水が溢れるようにどっと精液が迸った。

「ああ……」

ついにやってしまった。もともと勃起していたとはいえ、乳首への刺激だけでいってしまった……。

（う……椋代さん、呆れてる……？）

ぐったりと横たわり、真子人ははあはあと喘いだ。恥ずかしくて椋代の顔を見られない。

「こっちもなんか出てきそうだな」

「！」

指先で乳頭をくすぐられ、驚いて目を見開く。

「ば、馬鹿！　なんも出ねーよ！」

視線だけで自分の胸を見下ろし、真子人はぎょっとした。

乳頭の先の小さな穴が、ひくひくと震えてる。椋代の言うとおり、何か快感の証が溢れてきそうな気配だった。

椋代が指先で肉粒を摘まみ、乳を搾《しぼ》り出すように引っ張って扱く。

「あ、嫌だ、もう触るなってば……」

「これは大いに開発のし甲斐があるな」

「ああ……っ、だめ……あああ……」

乳首と連動するように、触られてもいないペニスからじわっと残滓が漏れてしまう。

「うう……椋代さん……っ、俺の体……変？」

「え？」

「お、男のくせに胸感じるの……おかしいだろ……」

「……そんなこと気にしてたのか。変じゃない。むしろ大歓迎だ」

指の腹で優しくマッサージされて、乳首から蕩けそうな快感が広がってゆく。

「あああ……っ」

「椋代さん……！」

もう我慢できない。早く椋代と深く繋がりたい。

脚を広げて、真子人は自ら小さな穴に手を添えて左右に開いた。

「大胆だな」

椋代がくすりと笑い、艶やかな媚肉を指でなぞる。

「ひゃっ、な、何⁉」

椋代の指先が触れた場所がひやりとして、真子人は驚いて声を上げた。

「傷薬だ。潤滑剤の代わり」

いつの間に用意していたのか、椋代がチューブに入ったクリーム状の傷薬を指に掬って小さな穴に塗り込める。

「え、それってさっき病院でもらってた……あ、ああ……っ」

くちゅくちゅと音を立てて、冷たいクリームが体温で蕩けてゆく。

狭い粘膜の中を指で掻き回す淫らな音が、目覚めたばかりの真子人の官能を煽る。

「あ……ん、あっ、も、もう大丈夫だから……っ」

椋代の指が前立腺に触れそうになり、真子人は椋代の指から逃れようと尻をもじもじさせた。

そこは、指ではなくて椋代のペニスで擦って欲しい……。

「真子人……！」

「……あ……っ」

クリームで蕩けた肛門に、大きな亀頭が押し当てられる。それだけで感じてしまって、真子人は熱い吐息を漏らし、鈴口から先走りを滲ませた。

椋代が、狭い肛道に亀頭をずぶずぶとめり込ませる。

「あ、あ……っ、あああ……っ」

ぬかるんだ蜜壺《みつつぼ》は悦んで牡の性器に絡みつき、奥へと誘うように蠢く。

「あ……！」

先ほど目にした雁の段差の部分が、一際大きく入り口を押し広げる。

「真子人……今入ったの、わかるか？」

「わかった……っ、すごい、入ってくるときもぐりぐりしてる……っ」

椋代の首に両手でしがみつき、真子人ははしたない言葉を口にした。

「ああああ……っ！」

張り出した亀頭が、敏感な粘膜を擦りながら中へ押し入ってきた。太くて硬い性器が入ってくる生々しい感触に、ぞわりと背中が総毛立つ。

「痛くないか？」

「ん、痛くない……っ、椋代さんの……気持ちいいよお……っ」

「……っ、そんな締め付けんな……っ」

「だって、あ、あっ、あああ……っ！」

一番奥まで突き入れられ、真子人は失禁したように精液を漏らした。

しかし本当の快感はそれからだった。

椋代が腰を引き、雁で中の粘膜が擦れる。

「ひあっ、あ、や、やだ……っ」

射精が終わらないうちに新たな快感に襲われて、真子人はあられもない声で叫んだ。

リズミカルに中を突き上げられて、半ば朦朧としながら快感を貪る。

「ああっ、い、いやあっ、それ、すごすぎる……っ」

「おまえもすげえよ……」

「あひっ、あ、そ、そこ、だめ……っ」

「ここか」

「あっ、いや、いく……っ」

前立腺を集中的に攻められて、真子人の艶やかな亀頭がひくひくと震える。

もう精液は空っぽで、いけないのに快感が続いて辛いほどだった。

「あーっ、む、椋代さ……っ」

体がどうにかなってしまいそうで、夢中で椋代にしがみつく。

「真子人……！」

椋代も、骨が軋むほど強く真子人の体を抱き締めてくれた。

熱い体温が重なり合って一つになる。

幸福感に満たされて……真子人は愛しい男の精を体の最奥で受け止めた――――。

6

「ううう……足がふらふらする……」

「もうちょっと辛抱しろ。勇太が車で迎えに来てくれてるから」

「うん……」

——成田空港、到着ロビー。三泊五日の旅を終えた真子人は、スーツケースを積んだカートを押す椋代の後ろを、よろよろしながらついていった。

ラスベガスの三日目は、椋代と部屋にこもって愛を確かめ合いまくってしまった。

「……すまん。手加減したつもりだったんだが」

「いや、俺も調子に乗っちまったし……」

小声で恥ずかしい会話を交わす。

ベッドではまだまだいけると思っていたのだが、ベッドから下りて歩こうとして、文字どおり足腰が立たなくなっていて慌てた。

けれど、何もせずにただ裸で抱き合っているだけでも幸せで……ラスベガスの夜景を見ながらいちゃつくという、スイートルームにふさわしい過ごし方を堪能した。

(幸せだあ……)

真子人の胸元には、二つのペンダントが揺れている。

一つは、ドライバー代わりに使って少々曲がってしまった兄からのプレゼント、もう一つはホテル内の宝飾店で椋代に買ってもらったものだ。

高級ブランドのシンプルなデザインは大人っぽくて、今の真子人には少々不釣り合いなのだが……いつかこれが似合ういい男になると決めている。

「それにしても、行きも帰りもダブルブッキングでビジネスクラスにグレードアップだなんて、ラッキーだったなー」

「そうだな」

しれっとした顔で頷いた椋代に、真子人はくすくす笑った。

「椋代さん、さすがに俺だって気づくよ。わざわざビジネスクラスに変えてくれたんだろ」

「…………」

椋代は無表情で黙っている。けれど、真子人にはそれが無言の肯定だとすぐにわかった。

「へへっ、サンキュ。あ、もしかしてホテルの部屋も？」

「いや、あれは本当にあっちの手配ミスだ」

その言葉が飛行機の件を肯定してしまったことに気づいたらしく、椋代が苦笑する。

「俺は脚が長いからエコノミーだと窮屈でな」

「うん、まあ、そういうことにしといてやるよ」

「真子人ー！」

ゲートの向こうから由多佳の声が聞こえて、よろよろと歩いていた真子人はぱっと顔を輝かせた。

「兄ちゃん！　来てくれたんだ！」

兄の隣には当然のように地塩の姿もあるが、それは無視してぶんぶんと兄に手を振る。

「兄ちゃあーん！」

ゲートをくぐるのももどかしく、由多佳に飛びつく。実際には足がもつれて倒れ込むような形になってしまったのだが……。

「ぐえっ」

兄に抱きつこうとした瞬間、不機嫌な表情の地塩にパーカーのフードを引っ張られる。

「な、何すんだよ！」

「たった五日かそこらで大袈裟なんだよ」

「なんだと？」

またしても口喧嘩を始めた真子人と地塩に、由多佳が慌てて割って入る。

「二人とも、やめなさい。椋代さん、真子人がお世話になりました」

「いえ、こちらこそ」

後ろからやってきた椋代が、いつものポーカーフェイスで答える。

「兄ちゃん聞いて聞いて！　あっちで勇太さんのお兄さんに会ってさあ」

由多佳にまとわりつこうとする真子人のパーカーのフードを、今度は椋代が引っ張る。

「うぐっ、な、なんだよお……」

「話は後で。さっさと駐車場に行きましょう」

「そうだな。こんなところでしゃべくってたら迷惑だろ。貸せ」

口ではそう言いつつ、地塩が二人分のスーツケースを積んだカートを引き受けてくれた。その隣に由多佳が寄り添って、仲良く一緒にカートを押す。

二人の後ろを歩きながら、椋代がさりげなく真子人の肩を抱き寄せた。

「……一人で歩けるってば」

「足元、ふらついてるじゃねえか」

「…………」

真子人にだけ聞こえる声で、椋代がいつもの口調に戻る。

それがくすぐったくて……真子人はそっと椋代に寄りかかった。

「兄ちゃんになんて言おう……黙ってたほうがいいのかな」

ぼそぼそと小声で椋代に相談する。椋代とこういう関係になったことは、地塩とのことを大反対していただけに非常に言いにくい。椋代も地塩と由多佳が男同士でくっつくことに反対していたので、きっと同じ思いだろう。

いつ、どういうタイミングでカミングアウトするか、悩ましいところだ。

「普通に俺とつき合うことになったたって言えばいいじゃねえか」

「はっ⁉」

予想を裏切る答えに、真子人は目を剥いた。

「隠したってしょうがねーだろ。俺はもう腹くくった」

椋代は涼しい顔をしている。

「そっ、そりゃそーだけど……ええっ、まじで⁉」

「ああ。もうすぐ坊ちゃんが高校卒業するから、お目付役任務も終了だ。そうなったら龍門家を出てマンションでも借りようと思ってる。由多佳さんが龍門家に来ることになるだろうし、おまえ、一人暮らしなんか無理だろう。俺んとこに来い」

「………まじで？」

椋代が真子人を見下ろし、口元を緩めて頷く。

「……うわあああっ！　うっそ、まじで⁉」

嬉しさとと照れくささで叫び声を上げると、前を歩いていた由多佳と地塩が怪訝そうに振り返った。

「どうしたの、真子人」

「兄ちゃん！　俺さあ……っ」

勢いに任せて告白しようと、由多佳に突進する。

しかしよろけながら二、三歩踏み出したところで、椋代にパーカーのフードを引っ張られてしまった。

「おまえは……場所をわきまえろ」

椋代が大きくため息をつく。

「……っ」

その口調とは裏腹に、愛おしげな眼差しで見つめられてどきりとする。

今すぐ抱きつきたい気持ちを必死で堪えながら、真子人は胸元のペンダントをぎゅっと握り締めた。

あとがき

こんにちは、神香うららです。お手にとって下さってどうもありがとうございます！
今回のお話は『座敷牢の暴君』の脇役だった真子人が主人公です。(『座敷牢の暴君』では真子人の兄の由多佳が主人公でした)
もちろん前作をご存じない方でもわかるようにしてありますのでご安心を。もしご興味を持っていただけましたら、真子人と椋代が脇役として活躍（?）している『座敷牢の暴君』も、どうぞよろしくお願いいたします！

『座敷牢の暴君』は強引俺様攻とおっとりお人好し受というカップルでしたが、今回は受が暴君です。といっても結構抜けてるお調子者なので、『座敷牢』の攻の地塩に比べたら可愛いものです。なんていうか……プチ暴君?

椋代にも俺様な部分はあると思うのですが、地塩と違って恋愛に関しては常識や理性に縛られているのであんまり無茶ができないというか…。しかし、めでたくくっついた後には俺様な部分を発揮…できるかな?　うーん、今後も向こう見ずな真子人の言動に振り回されるような気がします。その度に「おまえなあ……」と言いつつ甘やかしそう。

二人で一緒に寝るとき、地塩×由多佳カップルは地塩が由多佳に抱きついて寝てて、椋代×

真子人カップルは真子人のほうが椋代に抱きついて寝てそうだな～と思ってます。しかも真子人の場合、色っぽい抱きつき方ではなく、椋代を抱き枕扱い（笑）。寝相の悪い真子人にしょっちゅう蹴られつつ、自由奔放な寝姿を可愛いと思ってしまう椋代……お腹を出して寝ている真子人にそっと布団を掛け直してやる椋代……私の中ではそんなイメージです。（はっ…もしかして椋代って下僕体質？）

この先、真子人は美容師、由多佳は小学校の先生になり、地塩の両親も含めて三カップルで末永く和気藹々《わきあいあい》とやっていくことでしょう。社会人になってからも地塩×由多佳、椋代×真子人の四人で時々ご飯食べに行ったりとか。いつか四人で勇一＆勇太兄弟の日本料理店にも行けるといいなあ。真子人のブラコンは一生直らないと思います。

さてさて、この本は私にとって紙媒体での初のスピンオフです。

スピンオフや続編は、最初から決まっている場合や売れ行きがよかった場合など色々なケースがあると思いますが、私の場合は本当に皆様のお声のおかげでした。

次回どういう話を書くか担当さんとご相談していたとき、「あの…座敷牢の真子人と椋代の話はどうでしょう？」とおそるおそる提案してみたところ、「そうですね…アンケートとかでリクエスト多かったですし、そうしましょうか」とOKしてもらえたのですよ！

リクエストして下さった皆様、本当にどうもありがとうございます…！

お兄ちゃんが大好きで、威勢はいいけど頼りない真子人のことは、私もすごく気に入っていました。なので、こうして機会をいただけて本当に嬉しかったです！

最後になりましたが、お世話になった方々にお礼を。

こうじま奈月先生、お忙しい中、素敵なイラストをどうもありがとうございました。こうじま先生にはいつも可愛い系の受を描いていただいていたのですが、今回は初めてかっこいい系の受です。いただいたラフの真子人がすっごくかっこよくて、もうね～、アイドルみたいなんですよ！　こうじま先生のイラストで由多佳&真子人の美形兄弟をたっぷり見ることができて幸せです！

そして担当様、毎度大変お世話になっております…！

『座敷牢』を書いていた時点ではスピンオフを想定していなかったので、思っていた以上に難航し、またしても担当様には色々とご心配をおかけしてしまいました…。いつも根気よくご指導下さって、本当にどうもありがとうございます。

そしてそして、この本を読んで下さった皆様、どうもありがとうございます！

よかったらご感想などお聞かせ下さいね～。

それでは、またお目にかかれることを祈りつつ、失礼いたします。

神香うららでした。

こんにちは、挿絵を描かせて頂きました。
こうじま奈月です。
作中のラスベガス！私も行ってみたいです。
読んでて2人がとっても楽しそうだったので、
少しでもその雰囲気が読者さんにも
伝わるお手伝いが、ちゃんとできていれば
よいのですが・・・。
それでは本当に有難うございました♥

NADUKI KOUJIMA

ダリア文庫をお買い上げいただきましてありがとうございます。
この本を読んでのご意見・ご感想・ファンレターをお待ちしております。

〈あて先〉
〒173-8561　東京都板橋区弥生町78-3
(株)フロンティアワークス　ダリア編集部
感想係、または「神香うらら先生」「こうじま奈月先生」係

※初出一覧※

檻の中の暴君・・・・・・・・・・・・書き下ろし

檻の中の暴君

2011年5月20日　第一刷発行

著者　神香うらら

発行者　藤井春彦

発行所　株式会社フロンティアワークス
〒173-8561　東京都板橋区弥生町78-3
営業　TEL 03-3972-0346　FAX 03-3972-0344
編集　TEL 03-3972-1445

印刷所　中央精版印刷株式会社